참룡회귀록

참룡 회귀록 6

초판 1쇄 인쇄일 2019년 4월 15일 | **초판 1쇄 발행일** 2019년 4월 17일

지은이 정한솔 | **펴낸이** 곽동현 | **담당편집 팀장** 이범수
편집부 홍현주 정요한

펴낸곳 (주) 조은세상 | 출판등록 제 2002-23호
주소 경기도 연천군 미산면 청정로 1355
TEL 편집부 02)587-2966 | FAX 02)587-2922
e-mail bukdu@comics21c.co.kr

ISBN 979-11-6432-174-2 | ISBN 979-11-89672-81-2(set) | 값 8,000원

斬龍回歸錄

참룡회귀록

NEO ORIENTAL FANTASY STORY

정한솔 신무협 장편

6

(주)조은세상

정한솔 신무협 장편소설

NEO ORIENTAL FANTASY STORY

CONTENTS

36 章.

참룡
회귀록

斬龍回歸錄

36 章.

유진옥이 면경을 보며 눈물을 글썽였다.

얼굴을 사선으로 가르는 흉측한 검상.

벌써 한 달가량이 지났지만 여전히 적응이 되지 않았다.

볼 때마다 눈물이 나려 했다.

저도 모르게 손을 들어 검상을 더듬으려던 유진옥은 문 밖에서 들려온 늙수그레한 목소리에 손을 내렸다.

"아가씨, 접니다."

"들……."

무의식적으로 대답하려던 유진옥이 순간 멈칫하며 입을 다물었다. 그리고는 면사를 들어 얼굴에 두르더니 다시금 입을 열었다.

"들어와."

유진옥의 허락이 떨어지자 염 노인이 조심스럽게 방 안으로 들어섰다.

"무슨 일이야? 이 시간에……."

"그들이 왔습니다."

"그들?"

유진옥이 고개를 갸웃거리자 염 노인은 유진옥의 검병에 달린 수실을 힐끔거렸다.

작은 몸짓에 불과했지만, 그것만으로도 의미를 알아듣기에 충분했던 유진옥이 반색을 했다.

"그 계집애는 잡아 왔대?"

질문을 쏟아 내던 유진옥이 갑자기 자리에서 벌떡 일어섰다.

"이럴 게 아니라…… 지금 어디 있어?"

"안내하겠습니다."

염 노인이 앞장서자 유진옥이 냉큼 뒤를 따랐다.

그렇게 몇 개의 건물을 지나쳐 창고같이 허름한 외형의 건물 앞에 다다랐을 때, 염 노인이 문을 열며 유진옥을 돌아봤다.

"들어가시지요."

유진옥이 희미한 불빛이 새어 나오는 창고 안으로 들어서자 다섯 개의 흑의 인영이 그녀를 맞이했다.

그중에서 붉은 수실이 달린 검을 차고 있던 흑의 인영이 여전히 복면을 두른 채 한 걸음 앞으로 나섰다.

"오랜만이군."

그러나 유진옥은 흑의 인영에게 관심이 없는지, 면사 사이로 드러난 두 눈을 표독스럽게 굳히며 주위를 살폈다.

"어디 있어요? 그 계집애."

그 모습에 복면 사이로 드러난 눈살을 한 차례 찌푸린 흑의 인영이 수하를 향해 눈짓했다.

그러자 뒤에 자리하던 네 명 중 하나가 자루를 들고 앞으로 나서더니 내용물을 쏟아 냈다.

털썩!

여전히 혈이 짚인 탓에 움직일 수 없었던 철소화는 갑작스레 느껴지는 통증에 눈을 찡그렸다. 그러나 자신을 내려다보고 있는 유진옥을 확인하고는 당황한 기색이 어렸다.

사정없이 요동치는 철소화의 눈을 마주한 유진옥은 희미한 미소를 머금으며 검을 뽑아 들었다.

"죽어!"

챙!

그러나 그녀는 뜻을 이루지 못했다.

그녀의 검에 달린 붉은 수실과 동일한 것을 달고 있는 검이 앞을 막아선 것이었다.

예상치 못한 방해에 유진옥의 목소리가 신경질적으로 뾰족해졌다.

"뭐예요?"

"지금은 안 돼."

"왜요? 왜 안 되는데요?"

"아직 패천성의 일이 마무리되지 않았으니까. 한 달만 기다려. 그때가 되면 원하는 대로 할 수 있을 테니까."

유진옥이 면사 아래로 입술을 꼭 깨물었다. 그리고는 독기가 가득한 눈으로 다시 말했다.

"당장 죽여야겠다면요?"

흑의 인영이 대꾸도 없이 자신의 검을 휙 그어 버렸다. 흑의 인영의 검에 걸려 있던 유진옥의 검이 힘없이 튕겨져 나갔다.

찰그랑!

"어?"

유진옥이 당황한 얼굴을 하자 염 노인이 단검을 뽑아 들며 허름한 건물 안으로 들어섰다.

그와 동시에 나머지 흑의 인영들 역시 검을 뽑아 들었다.

"멈춰."

나직하지만 살기가 가득한 목소리에 염 노인이 움찔하며 그 자리에 멈춰 섰다.

그런 그를 힐끔 쳐다본 흑의 인영은 다시금 유진옥과 시선을 맞추며 담담한 어조로 입을 열었다.

"난 네 수하가 아니야. 네 투정을 받아 줄 이유도 없고, 그럴 생각도 없지. 무슨 말인지 알아듣겠어?"

"이…… 이……!"

유진옥이 화를 참지 못하고 몸을 부들부들 떨었다.

그러나 흑의 인영은 여전히 감흥이 없는 얼굴이었다.

"쓸데없는 곳에 힘 빼지 말고…… 당분간 머물 곳이나 내놔."

"내가 왜 그래야 하죠?"

여전히 독기가 가득한 시선으로 그녀를 바라보던 흑의 인영이 나직이 읊조렸다.

"그거 알아?"

"뭘요?"

"네 아비도 내 앞에서 너처럼 건방지게 굴지 못 해. 죽고 싶지 않을 테니까."

"그, 그게 무슨……!"

반문하려던 유진옥이 몸을 움찔 떨며 당황한 얼굴을 했다.

흑의 인영이 내뿜은 살기가 훅 하며 순식간에 그녀에게 들이친 것이었다.

그 모습을 보며 조소를 머금은 채 한 차례 어깨를 으쓱해 보이는 흑의 인영.

그리고는 가늘게 떨리는 유진옥의 눈동자를 마주 보며 다시 입을 열었다.

"닥치고 쉴 곳이나 내놔."

철소화를 둘러메고 장원의 후원으로 걸음을 옮기던 흑의 인영이 문득 주위를 살폈다.

날카로운 눈으로 주위를 둘러보았으나 딱히 이렇다 할 기척을 느끼지 못했는지, 그제야 안심한 얼굴로 다시 걸음을 옮기더니 후미진 곳에 위치한 창고의 문을 열어젖혔다.

그리고는 철소화를 아무렇게나 내던져 버린 뒤 쾅 하고 문을 닫아 버렸다.

한 치 앞도 구분하기 어려울 정도로 짙게 내려앉은 어둠이라도 시간이 지나면 곧 적응을 하기 마련이다.

눈앞이 조금씩 밝아지며 흐릿하게나마 사물을 구별할 수 있게 되자 철소화가 눈알을 굴렸다.

'여긴…….'

그러나 몸을 움직일 수가 없어서 여전히 시야는 제한되어 있었다.

'일단 움직여야 뭘 해도 하겠는데.'

철소화는 가만히 눈을 감고 억지로 내력을 움직이려 했다.

흑의 인영에게 잡힌 혈을 풀어 보려는 생각이었다.

그러나 철소화의 얕은 내력만으로 흑의 인영이 심어 놓은 진기를 뚫어 낸다는 것은 불가능했다.

시도가 실패로 돌아가자 철소화는 어쩔 수 없이 다시 눈을 뜰 수밖에 없었다.

몸을 움직이지도 못하는 상태로 낯선 공간에 갇힌 상황에서 눈까지 감고 있으려니 불안해서 참을 수가 없었던 탓이다.

긴장됐던 마음을 추스른 철소화는 제한된 시야였지만 다시금 주위를 살피기 시작했다.

이윽고 그녀의 시선에 부서진 탁자며 식기 같은 것이 가득 쌓여 있는 모습이 들어왔다. 아무래도 잡동사니를 모아 두는 창고 같았다.

'이런 것들 말고.'

그런 것들은 철소화가 원하는 것이 아니었다. 그녀가 원하는 것은 어떻게든 자신에게 도움이 될 만한 것이다. 어떻게든 희망을 놓지 않으려 발버둥치는 것이다.

그리고 필사적으로 움직이며 주위를 살피던 철소화의 눈동자가 딱딱하게 굳어진 것은 한쪽 구석에서 시커먼 물체가 꿈틀거리며 움직이기 시작한 직후였다.

절그럭!

시커먼 덩어리가 움직임을 가져갈 때마다 쇳소리가 들려왔다.

철소화의 눈동자가 불안하게 흔들렸다.

'뭐, 뭐!'

그러나 시커먼 덩어리는 아랑곳하지 않고 철소화에게 꿈틀거리며 다가왔다. 그리고 오래지 않아 손만 뻗으면 잡힐 만큼 둘의 거리가 가까워진 순간, 검은 덩어리가 쭉 늘어나더니 철소화의 눈앞으로 치고 들어왔다.

'엄마야!'

철소화가 눈을 질끈 감았다.

그러나 한참이 지나도 아무런 일도 일어나지 않았다.

'뭐지?'

철소화는 의문을 느꼈다. 그래서 참지 못하고 가느다랗게 실눈을 떴다.

여전히 어두컴컴한 어둠 속에서 두 개의 불빛이 철소화를 내려다보고 있었다.

'으헛!'

철소화의 두 눈이 찢어질 듯이 크게 떠졌다.

그러나 그녀의 눈앞을 밝힌 두 개의 불빛은 여전히 자신을 내려다보고 있을 뿐이었다.

그리고 그 가운데에서 불쑥 여인의 목소리가 흘러나왔다.

"넌 누구냐?"

뜻밖에 사람의 목소리가 들려오자 철소화는 그제야 눈앞의 덩어리를 자세히 살펴볼 여유가 생겼다.

'사람?'

의식을 하고 보자 사람의 윤곽이 눈에 들어오기 시작했다. 그러나 여전히 입을 열지는 못했다.

대신 철소화를 내려다보던 여인의 입에서 못마땅하다는 기색의 음성이 흘러나왔다.

"혈을 잡혔나 보군."

여인이 손을 들자 여전히 절그럭거리는 쇳소리가 들려왔다. 여인은 아랑곳하지 않고 철소화의 목덜미를 툭툭 쳤다.

"어?"

그때서야 비로소 철소화의 목소리가 흘러나오기 시작하는 순간.

"쿨럭! 쿨럭!"

여인이 허리까지 굽혀 가며 격한 기침을 토해 냈다.

철소화가 당황한 눈을 했다.

"괜찮으세요?"

"괘, 괜찮…… 쿨럭! 쿨럭!"

그러나 여인은 더 격한 기침을 쏟아 냈다.

고작 아혈을 뚫으려 약간의 내력을 사용한 것뿐이었지만, 이미 약해질 대로 약해진 여인의 몸에는 무리가 되었던 것이다.

한참이나 기침을 토해 내던 여인이 겨우 진정이 되어 갈 때쯤 철소화가 다시 말했다.

"괜찮으세요?"

철소화의 질문에 여인이 후 하고 깊은 숨을 내쉬며 숨을 돌리고는 이내 고개를 끄덕이며 대꾸했다.

"이제 됐다. 그보다 넌 누구냐? 누구길래 여기에 잡혀 온 것이냐?"

"저요? 전 철소화라고……."

철소화가 순진한 눈으로 저도 모르게 제 이름을 밝히고 말았다.

그런데 여인의 반응이 이상했다.

"응? 누구?"

"소화요. 철소화."

철소화를 내려다보던 두 개의 불빛이 한순간 번뜩이는 것처럼 느껴졌다.

철소화의 눈동자가 움찔하는 듯하더니 이내 의문을 품었다.

"혹시 절 아세요?"

그 순간, 당혹감으로 가득한 여인의 목소리가 불쑥 튀어나왔다.

"네가 왜 여기 있는 것이냐?"

❖ ❖ ❖

"젠장. 이것들은 어디로 사라진 거야?"

흑의 인영들이 남긴 흔적을 좇아 광동으로 들어선 것까지는 좋았지만, 그 이후가 문제였다. 소관에서 그들의 흔적이 끊긴 것이다.

모용기가 주위를 휘휘 둘러봤다.

오가는 사람들이 빽빽이 들어섰다.

모용기가 난감한 얼굴로 머리를 긁적였다.

"이거 혼자서는 죽어도 못 찾겠는데……."

한 번 끊긴 흔적을 찾는 것이 불가능한 것은 아니다. 그러나 혼자서 그것을 찾아가는 것은 무척이나 어려운 일이었다. 더욱이 소관과 같이 사람이 많은 도시에서는 불가능에 가까웠다.

모용기가 쩝 하고 입맛을 다셨다.

"할 수 없나?"

남에게 신세를 지는 것을 싫어하는 모용기였으나, 이런 경우는 어쩔 도리가 없었다.

"개방을 찾아야겠는데……."

이런 일을 해결할 수 있는 것은 개방과 하오문.

하오문과는 인연이 없으니 자연히 개방으로 생각이 기운 것이다.

거지를 찾으려 주위를 휘휘 둘러보던 모용기는 이내 얼굴을 찡그리고 말았다.

"뭔 놈의 거지가 이렇게 많아?"

그도 그럴 것이, 사람이 많은 곳이다 보니 그만큼 거지의 수도 상당히 많았다.

군데군데 바닥에 납작 엎드린 채 손을 내밀고 있는 거지들이 언뜻 봐도 두 자릿수가 넘어갔다.

문제는 죄다 바닥에 엎드려 있는 통에 어느 거지가 개방의 거지인지 분간할 수가 없다는 것이었다.

모용기가 걸음을 옮겨 인적이 없는 골목으로 들어섰다. 그리고는 바닥을 툭 찍자 순식간에 모습을 감추었고, 다시 모습을 드러낸 곳은 높은 전각의 지붕 위였다.

지붕에 털썩 주저앉은 모용기가 아래를 내려다봤다. 이제부터는 지루한 싸움의 시작이었다.

그렇게 얼마간의 시간이 흘렀을까?

"하암."

몰려드는 지루함에 하품을 쩍쩍 하던 모용기가 곧 시장기를 느끼는지 품에서 육포 쪼가리를 꺼내 들어 입에 물었다.

딱딱하고 맛은 없어도 간단히 요기하기에는 제격이었다.

육포를 질겅질겅 씹으며 아래를 내려다보던 모용기는 문득 시선을 들었다.

"무한이 자식은 잘하고 있으려나?"

벌써 보름이나 지났다.

혁련휘에게 보낸 도전장에 적힌 기일이 훌쩍 지난 것이다. 이미 결과가 나오고도 남았을 시간이었다.

"그 실력으로는 조금 어려울 텐데……."

철무한을 떠올리며 미간을 좁히던 모용기는 이내 고개를 휘휘 젓고 말았다. 지금 중요한 것은 철소화였기 때문이다.

철무한이 혁련가와 신무문을 설득한다면 가장 좋은 상황일 테지만, 그렇지 못할 가능성 역시 여전히 존재했다.

그것은 모용기 자신이 함께하더라도 마찬가지였다.

그런 의미에서 철소화는 일종의 안전장치와 마찬가지였다.

"제 딸을 구해 줬는데 모른 척하겠어?"

모용기가 자청해서 나선 것은 그런 속셈이 깔려 있었던 것이다. 정 안되면 철소화를 인질로 잡고 협박이라도 할 생각이었다.

철무한에게 조금 미안할 일이 생길지도 모르겠지만, 어디까지나 모용기에게는 제갈연이 우선이었기 때문이다.

"괜찮겠지?"

제갈연에게 생각이 미치자 걱정스런 마음이 앞서기 시작했다. 그러나 자신이 그녀의 옆에 있더라도 당장은 해 줄 수 있는 것이 없었다.

차라리 조금이라도 의술을 알고 있는 안희명이 훨씬 더 도움이 될 것이다.

다시금 고개를 휘휘 저어 잡념을 날려 버린 모용기는 아래를 내려다봤다.

여전히 사람들이 빽빽이 들어차 오가고 있었고 거지들은 바닥에 엎드린 채 미동도 하지 않고 있었다.

그나마 움직임을 보이는 거지들은 힘없는 걸음걸이로 자신을 감추고 있었다.

"아무래도 날이 질 때까지 기다려야 할 것 같은데……."

모용기가 힐끔 시선을 돌려 해의 위치를 살폈다.

아직도 중천에 걸려 있는 해가 떨어지려면 한참이나 더 기다려야 할 것 같았다.

"하암. 차라리 한숨 자고 일어날까?"

보름을 제대로 먹지도 쉬지도 못한 탓에 피곤에 절어 있었다.

하품을 쩍쩍 해 대며 눈물을 찔끔하던 모용기는 저도 모르게 지붕 위에서 다리를 뻗고 있었다.

수마의 유혹이 강렬했던 탓이다.

"일단 조금만 자고…… 어라?"

모용기가 냉큼 다리를 접었다.

거리가 조금 있긴 했지만, 확실히 아는 얼굴이었다.

모용기가 눈알을 데굴데굴 굴렸다.

"개봉에 있어야 할 자식이 여긴 어쩐 일이지?"

고민을 해 봐야 머리만 아플 뿐이다. 차라리 잡아서 물어보는 것이 쉬운 길이다.

그 사실을 일찌감치 알아채고 있던 모용기가 벌떡 일어서더니 훌쩍 지붕에서 뛰어내렸다.

"웃차!"

"아줌마, 내가 여기서 좌판 깔지 말랬지? 내 말이 우습게 들려? 엉?"

"죄송합니다. 죄송합니다."

"그러니까 죄송할 짓을 하지 말라고. 벌써 몇 번째야? 당장 이거 치워."

"그, 그게……."

"그게고 뭐고 당장 치우라고. 아니면 내가 엎어? 엎을까? 그걸 원해?"

"아, 아닙니다. 당장 치울게요."

허름한 옷을 입은 여인이 후다닥 움직이기 시작했다. 그 모습을 못마땅하다는 눈길로 쳐다보고 있던 하남사견의 첫째, 장용은 나지막이 한숨을 내쉬었다.

'내가 이런 일이나 하자고 광동까지 온 게 아닌데…….'

하오문의 본문이 위치한 광동으로 옮기라는 연락을 받았을 때만 해도 뛸 듯이 기뻐했었다. 드디어 자신의 능력을 인정받은 것이란 생각에 한동안은 밤잠을 이루지 못할 정도였다. 어쩌면 문주가 자신을 직접 불러 중요한 일을 맡길지도 모른다는 생각도 들었었다.

그러나 정작 광동에 도착하자 문주는 고사하고 본문 근처에도 가 보지 못했다. 고작 소관에서 지금과 같은 잡일이나 하는 게 전부였다.

'이럴 줄 알았으면 그냥 하남에 남는 건데……'

정무맹의 영역인 하남이 차라리 좋았다는 생각이다. 정무맹 무사들만 피하면 거리낄 것이 없었기 때문이다.

그러나 장용은 제 생각을 밝히지 못하고 목구멍 안으로 삼켜야만 했다. 지금도 뒤에서 덩치가 큰 사내들이 팔짱을 낀 채 자신을 쳐다보고 있었기 때문이다.

답답한 마음을 속으로만 쌓아 두면 불쑥불쑥 짜증이 치솟기 마련이다. 그리고 오늘따라 더디게만 움직이는 허름한 옷의 여인은 좋은 화풀이 대상이다.

"이 아줌마가! 빨리 빨리 안 움직여? 바쁜 사람 하루 종일 붙잡고 있을 셈이야?"

"어? 그, 그게……"

여인의 당황하는 얼굴에도 아랑곳하지 않은 장용이 대뜸 발을 치켜들었다. 그리고는 좌판을 걷어차려 발을 뻗는 순간.

턱!

"어?"

자신의 발끝에 걸린 타인의 발을 쳐다보고는 눈을 동그랗게 떴다. 그러나 이내 얼굴을 와락 구기며 시선을 돌렸다.

"어떤 자식이!"

장용의 시선을 모용기가 활짝 웃으며 대꾸했다.

"형님아."

"히끅!"

해괴하게 얼굴이 굳어진 장용이 저도 모르게 딸꾹질을 했다. 모용기가 헤실거리는 얼굴로 장용의 어깨에 손을 올렸다.

"에이, 뭘 또 그렇게 반가워해? 하남에서 본 지 얼마 되지도 않았는데."

"히끅! 아, 아니 그게…… 히끅!"

장용이 당황한 얼굴로 연신 딸꾹질을 해 댔다.

그 모습을 지켜만 보고 있던 사내들 중 하나가 앞으로 나서며 장용을 쳐다봤다.

"아는 녀석인가?"

"어? 히끅! 그, 그게…… 히끅!"

딸꾹질로 정신을 차리지 못하는 장용을 대신해 앞으로 나선 모용기가 사내를 쳐다보며 히죽 웃었다.

"당연하죠. 내가 형님이라고 부르는 걸 보면 몰라요?"

"너한테 묻지 않았다."

사내는 여전히 무표정한 얼굴로 고개를 젓더니 다시 장용을 쳐다봤다.

"아는 녀석이냐고 물었다."

"어? 그게…… 히끅! 아, 알긴 아는데…… 히끅!"

모용기가 어깨를 으쓱거리며 다시 사내를 쳐다봤다.

"봤죠? 안다니까요."

"흐음……."

사내는 턱을 쓰다듬으며 애매하다는 눈으로 모용기를 쳐다봤다. 그러나 모용기는 그에게는 관심도 없다는 듯이 장용에게만 매달리기 바쁜 기색이었다.

"형님아, 모처럼 만났는데 어디 가서 얘기나 좀 하자. 밥도 먹고. 어때?"

"어? 히끅! 아니, 그건…… 히끅!"

밥이라는 말에 장용의 얼굴이 새하얗게 질렸다. 몇 년간 모아 왔던 돈을 지난번에 탈탈 털린 기억이 남아 있었기 때문이다.

"뭐 해? 얼른 가자니까."

"어? 어? 히끅! 아니, 잠깐…… 히끅!"

당황해하는 장용의 팔을 잡아끄는 모용기였다. 그러나 앞으로 나섰던 사내가 길을 턱하니 가로막는 바람에 채 몇 걸음도 움직이지 못하고 그 자리에 멈춰 서야 했다.

"뭐예요?"

모용기의 물음이 조금은 귀에 거슬렸다. 그러나 사내는 덤덤한 얼굴로 제 할 말을 했다.

"그 녀석은 할 일이 있다."

"일이요?"

사내가 후다닥 좌판을 정리하고 있는 여인을 쳐다봤다. 사내의 시선을 따라 모용기 역시 여인을 힐끔 쳐다봤다.

"이것만 하면 돼요?"

사내는 고개를 저었다. 시장은 넓기 때문이다.

"오래 걸리진 않을 거다."

모용기가 히죽 웃으며 대꾸했다.

"거, 저 사람들도 먹고 살아야죠. 그렇게 빡빡하게 굴지 말고 설렁설렁 합시다. 설렁설렁."

"흐음……."

사내가 미간을 모았다.

그와 동시에 병풍처럼 서 있던 다른 사내들이 앞으로 나서며 모용기를 압박했다.

"장용이 저놈하고 아는 사이래서 봐주려 했더니, 애새끼가 버릇이 없네."

"그러게 말이야. 요즘 애들은 똥오줌을 못 가리더라고. 제 죽는 줄도 모르고 말이야."

그러면서 목을 꺾으며 우두둑우두둑 소리를 내는 게 꽤

나 위협적으로 다가왔다. 그게 제법 먹히는지 눈치를 보며 구경하던 사람들이나 주위를 돌아다니던 사람들이 멀찌감치 물러서기 시작했다.

물론 모용기는 눈 하나 깜빡하지 않았다.

"아닌데. 나 똥오줌 되게 잘 가리는데."

"어딜 봐서? 그렇게 똥오줌 잘 가리는 자식이 우리 앞에서 이렇게 시건방지게 군다고? 네 녀석이 보기엔 이게 정상으로 보이냐?"

"어. 정상으로 보여."

"뭐?"

모용기가 태연한 얼굴로 대꾸하자 오히려 윽박지르던 사내가 눈을 동그랗게 떴다. 모용기가 친절한 얼굴로 부연했다.

"뭐긴 뭐야? 네놈들이 만만하게 보이니까 그런 거지. 나 아무 데서나 똥오줌 막 싸고 그러는 사람 아니라니까."

"이, 이 자식이! 죽어!"

사내들 중 하나가 얼굴을 시뻘겋게 붉힌 채 대뜸 주먹을 뻗었다. 모용기가 한 걸음 비켜서며 장용을 끌어당겼다.

"어?"

퍽!

"악!"

장용이 코피를 흘리며 바닥을 굴렀다. 주먹을 뻗은 사내가 얼굴을 와락 구기더니 다시 모용기를 향해 손을 뻗었다.

"잔재주를!"

뚝!

"어?"

사내의 팔이 접히지 말아야 할 방향으로 접히며 덜렁거렸다. 덜렁거리는 자신의 팔을 쳐다보던 사내가 뒤늦게 상황을 인지하는 순간, 엄습하는 끔찍한 고통에 비명을 질렀다.

"으아악!"

바닥을 데굴데굴 구르는 사내를 보고 나머지 사내들이 당황한 얼굴을 했다.

"어? 뭐, 뭐야?"

"대체 어떻게 된 거야? 갑자기 팔이 왜?"

웅성거리는 사내들을 두고 모용기가 손마디를 뚝뚝 꺾었다.

"말했잖아. 내가 똥오줌은 잘 가린다고."

사내들이 주춤거리며 뒷걸음질 쳤다.

"아, 아니. 그게 아니고……."

"그게…… 그러니까…… 일단 거기 좀 서라고……."

제일 먼저 앞으로 나섰던 사내 역시 당황한 얼굴을 감추지 못했다.

"어? 그러니까…… 아니, 잠깐……."

모용기가 히죽 웃으며 말했다.

"일단 맞자."

모용기가 몸을 날렸다.

사방에서 곡소리가 터져 나왔다.

"으아악!"

"아, 아니…… 으악!"

"하, 하지 말……! 으아악!"

똑. 똑. 똑.

멍한 얼굴로 창밖을 물끄러미 내려다보고 있던 하유선이 문을 두드리는 소리에 시선을 돌렸다.

"들어와."

하유선의 허락이 있자 곱게 늙었다는 표현이 잘 들어맞을 중년 여인 하나가 조심스런 몸가짐으로 문을 열고 들어섰다.

하유선이 고개를 갸웃거렸다.

"유모가 어쩐 일이야? 지금 장사 준비할 시간이라서 바쁘지 않아?"

"손님이 오셨습니다."

유모의 말에 하유선이 고개를 갸웃거렸다.

"손님? 이 시간에?"

기루는 대부분 해가 진 이후에나 손님이 찾아들기 때문이다.

"그 손님이 아니고요."

"그 손님이 아니면……."

기루에 볼일이 없는 사람이라면 목적은 하나다. 하오문이다.

하유선이 유모를 쳐다봤다.

"누군데? 아니 그럴 것 없어. 유모가 알아서 하라니까."

그러나 유모는 고개를 저었다.

"아무래도 만나 보셔야 할 것 같습니다."

하유선이 얼굴을 찡그렸다.

"왜? 누군데?"

"모용기라고 기억나십니까?"

"모용기?"

언뜻 떠오르지 않는지 미간을 좁힌 채 고개를 갸웃거리던 하유선은 이내 눈을 동그랗게 떴다.

"혹시 걔 맞아? 일전에 흑호대주를 때려잡았다던?"

"예. 맞습니다."

"혁련가에 간 것 아니었어? 무한 오라버니는 혁련가에 있다면서?"

"흑호대주와 맞선 이후에 따로 떨어져 나간 걸로 알고

있습니다. 한동안 행적이 묘연하다 했더니 이곳 소관에서 모습을 드러냈습니다."

하유선이 얼굴을 찡그렸다.

"내가 중요한 건 보고하랬지? 그걸 왜 이제 말해?"

"지난번에 보고드렸는데요. 아가씨께서도 분명 알겠다고……."

유모의 반격에 하유선이 헙 하고 입을 다물더니 이내 다시 얼굴을 찡그리며 좋알거렸다.

"한 번 말하고 말면 내가 어떻게 알아? 중요한 건 두 번, 세 번 되새겨 줘야 할 거 아냐?"

유모가 한숨을 폭 내쉬었다. 그러나 이내 고개를 저으며 다시 입을 열었다.

"이럴 게 아니라 일단 만나 보시지요. 저쪽에서도 원하는 것이 있는 듯하니, 만나서 얘기를 나눠 보는 것이 좋을 것 같습니다."

"소화의 행방이겠지?"

"아마도요."

유모의 대꾸에 하유선이 미간을 좁히며 입을 다물었다. 그리고는 한참이나 머리를 굴리다가 여전히 확신이 서지 않는 얼굴로 유모를 쳐다봤다.

"그가 할 수 있을까?"

"저도 확신하기 어렵습니다."

“그런데도 만나라고?”

“당장 도움을 청할 곳이 없으니까요.”

암담한 현실에 하유선이 깊은 한숨을 내쉬었다. 그런 그녀를 안쓰럽다는 얼굴로 쳐다보던 유모가 하유선에게 다가가 등을 쓰다듬었다.

“조금은 기대해 봐도 좋을 것 같습니다. 정무맹에서 보여 준 것도 있고, 지난번에 흑호대주도 물리지 않았습니까? 그 정도면 적어도 맥없이 나가떨어지진 않을 것 같습니다.”

하유선이 조금은 솔깃한 얼굴로 유모를 쳐다봤다.

“그럴까?”

“그렇습니다. 그러니까 일단 만나 보시지요. 만나 보고 아니다 싶으면 그때 다시 생각해도 되는 것이니까요.”

유모의 설득에 하유선이 마지못한 얼굴로 고개를 끄덕였다.

“그럴게.”

“와…… 돈으로 처바른다는 건 말만 들어 봤지, 실제로 보는 건 또 처음이네.”

벽을 장식한 명화도 그렇고 황금으로 만들어진 꽃병도 그랬다. 엉덩이를 부드럽게 받쳐 주는 의자는 은은한 향을 풍기고 있었고, 사기로 만들어진 찻잔은 신비로운 푸른색을 뿜어내고 있었다. 하다못해 먼지 한 톨, 바닥에 이리저리 굴러다니는 머리카락 한 올조차 범상치 않아 보였다.

모용기가 휘둥그레 눈을 뜨고 주위를 휘휘 둘러보고 있던 그때, 어느새 면사를 얼굴에 두른 하유선이 조심스런 걸음걸이로 밀실로 들어섰다.

"청화루의 루주 하유선입니다."

"어?"

모용기가 눈을 동그랗게 뜨고 하유선을 쳐다봤다.

"아직 나이가 어린 것 같은데……."

하유선의 면사가 가볍게 흔들렸다. 휘어진 눈매를 보니 살포시 웃음을 머금은 것 같았다.

"기녀는 아닙니다."

"아니, 그게 아니고 그 나이에 이런 큰 곳을 맡고 있다는 게 신기해서 그러는 거지."

"그것이…… 원래는 저희 어머니께서 맡고 계시는데, 일이 좀 생기셔서 잠시 제가 맡고 있는 것입니다."

"그래?"

모용기의 얼굴에 호기심이 생겼다. 그러나 잠깐일 뿐이었다. 이내 호기심을 지워 낸 모용기가 제 할 말을 쏟아 냈다.

"그건 그렇고, 내가 무슨 목적으로 온 것인지는 알고 있겠지?"

"청화루가 아니라 하오문을 찾은 것이라면 목적은 하나지요. 정보."

모용기가 고개를 끄덕였다.

"내가 급해서 그런데 외상은 안 될까? 내가 당장은 가진 게 없어서……."

하유선이 고개를 저었다.

"외상은 사절입니다."

"아니, 그러지 말고…… 내가 곧 돈이 들어온다니까? 떼먹지 않을게. 응?"

모용기의 얼굴이 조금은 급해졌다. 그러나 하유선은 여전히 고개만 저을 뿐이었다.

모용기가 얼굴을 찡그렸다.

'이런 건 개방보다 하오문이 더 나은데…….'

장용을 발견하자마자 개방을 찾지 않고 하오문으로 직행한 이유였다. 광동이 패천성의 영역이라 개방의 활동이 위축된 것도 한 이유이기도 했다. 그래서 억지를 부려 본 것인데 씨알도 먹히지 않았다.

"후우……."

모용기가 한숨을 푹 내쉬었다.

그런 그를 물끄러미 쳐다보던 하유선이 다시 입을 뗀 것은 바로 그때였다.

"정보를 꼭 돈으로만 사라는 법은 없지요."

"응?"

모용기가 눈을 동그랗게 떴다.

하유선의 면사가 가볍게 흔들렸다.

"굳이 돈이 아니더라도 공자께서 하오문에 줄 수 있는 것이 있다면 거래가 되지 않을까요?"

"내가 하오문에 줄 수 있는 것?"

모용기가 갑자기 얼굴을 찡그렸다.

"내가 누군지 안다는 말이네?"

"예. 모용세가의 둘째 공자님이시잖아요."

"하여간 그런 건 무지하게 빠르지."

툴툴거리며 대꾸하는 모용기였지만, 그리 나쁜 일은 아니라고 생각했다.

자신이 내줄 것이 없었다면 무슨 짓을 한다 한들 하오문의 입을 열기는 불가능했을 터.

청화루에 불을 질러도 입을 꾹 다물고 있을 족속들이었다.

그보다는 차라리 이편이 편하다 여긴 것이다.

"그래서? 내게 부탁할 게 뭔데?"

"한 사람을 구해 주세요."

"사람을?"

하유선의 말을 되뇌던 모용기가 한숨을 푹 내쉬었다.

"어쩌지? 내가 좀 바빠서 그건 좀 힘든데……."

철소화를 구하러 온 것만 해도 무리가 되는 일이다.

'이제 석 달가량 남았나?'

제갈연에게 주어진 시간이었다. 철소화의 일은 원하는 것이 있어 자청한 것이지만, 그게 아닌 다른 곳에 신경 쓸 생각은 눈곱만큼도 존재하지 않았다.

"그렇게 걱정하실 것 없어요. 공자께서 따로 시간을 내주시지 않아도 가능한 일이니까요."

"응? 그건 또 무슨 말이야?"

"저희가 찾는 사람은 공자께서 찾는 사람과 같은 곳에 있을 테니까 따로 시간을 내지 않아도 된다는 말이에요."

모용기가 눈을 데굴데굴 굴렸다. 그러나 그 의미를 알아채기까지는 오랜 시간이 걸리지 않았다.

"내가 누구를 찾는지 알고 있다는 말?"

"철소화. 맞죠?"

모용기의 눈매가 가늘게 좁혀졌다.

"어디까지 알고 있지?"

"생각보다 많이요. 공자께서 용봉관을 뒤집어 놓은 것도 알고, 얼마 전에 흑호대주를 물리친 것도 잘 알죠. 물론 모르는 것도 있어요. 이를테면 정무맹 소속인 공자께서 패천성의 영역에 나타난 이유."

말하는 투로 봐선 철장방에서의 일까지는 모르는 눈치였다. 그러나 그 정도만으로도 이미 충분히 기분이 상했다.

"너무 당당한 거 아니야? 난 기분이 나쁜데……."

"그럼 좀 더 조용히 지내셨어야죠. 그렇게 들쑤시고 다니는데 어떻게 소문이 안 나요."

"무한이 자식은 모르던데……."

"패천성이야 이쪽으로는 관심이 없으니까 그런 거죠. 필요한 게 있으면 우리를 부리면 되니까. 그쪽이랑은 비교하지 말고…… 개방이라면 다 알고 있을걸요."

모용기가 쩝 하고 입맛을 다셨다. 빠져나갈 길이 없어 보였던 게다.

"좋아. 그럼 어디로 가야 해? 말하는 투로 봐서는 소화가 어디에 있는지 알고 있을 것 같은데."

"물론이죠. 그러니까 이렇게 거래하자고 하는 거구요."

"잡설은 그만하고 소화 위치나 알려 줘."

모용기가 말을 끊자 하유선의 드러난 눈매가 살짝 찌푸려졌다. 그러나 이내 아무렇지도 않다는 얼굴로 다시 입을 열었다.

"신무문이에요. 옛 전진교가 있던 자리."

"신무문?"

모용기가 눈을 동그랗게 떴다. 하유선이 의문을 품었다.

"왜요? 무슨 문제라도……."

"아니, 그렇잖아. 집 주인이 집에 있는데 구해 달라는 게."

이번에는 하유선이 눈을 동그랗게 뜨고 당황한 기색을 보였다.

"다, 당신이 그걸 어떻게……!"

모용기가 히죽 웃음을 보였다.

"나도 그 정도는 알아. 신무문의 숨겨진 이름이 하오문이라는 것쯤은."

허름한 창고라도 조금은 볕이 들었다. 하수란의 얼굴이 또렷하게 드러나기 시작하자 철소화의 얼굴이 해괴하게 일그러졌다.

"고모님! 정말 고모님이셨어요?"

당황과 반가움, 그리고 여러 가지 감정이 혼합된 목소리였다.

그러나 하수란은 철소화의 감정에 반응하기보다는 고개를 젓는 것을 택했다.

"목소리 낮추거라."

"네?"

"목소리 낮추라고 했다. 혹여 밖에 누가 있기라도 한다면 들어서 좋을 것은 없으니."

"헙!"

철소화가 급하게 숨을 들이키며 입을 다물었다. 그리고는 눈알을 데굴데굴 굴리며 눈치를 보는가 싶더니 이내 목소리를 낮추며 다시금 물음을 던졌다.

"이게 어떻게 된 일이에요? 고모님이 왜 여기에……."

하수란이 쓰게 웃었다.

"어쩌다 보니 그렇게 되었다. 그보다 넌 어쩐 일이냐? 네가 왜 여기에 있는 것이냐?"

"저요? 저는 납치를 당해서……."

"납치? 네가? 성주님은 대체 뭘 하시고?"

"그, 그게…… 제가 오빠랑 집을 좀 나왔거든요."

"너희들이 집을 나왔다고? 무슨 일로?"

"그게 어떻게 된 거냐면……."

철소화가 자신이 여기까지 이르게 된 연유를 차근차근 설명하기 시작했다. 납치를 당해 정신이 없는 와중에도 꽤나 정돈된 설명이었다. 어렵지 않게 철소화의 말을 알아들은 하수란이 깊은 탄식을 토해 냈다.

"허…… 일이 고약하게 꼬였구나."

"그러니까요. 이럴 줄 알았으면 그때 그 계집을 죽여 버리는 건데."

"확실히 그것은 네 잘못이 맞다. 일처리는 깔끔하게 했어야지."

철소화의 말에 동조하던 하수란은 또다시 고개를 내젓고

말았다.

"그렇다고 해도 이 일은 어딘가 이상한 점이 있구나. 고작 유화상단의 계집 따위가 패천성을 건드릴 생각을 한다는 건 말이 안 되지. 그리고 고 계집애가 지금 신무문에 있다면서? 아무래도 우리 신무문의 일에 유화상단도 한 발 걸친 것 같은데……."

철소화가 눈을 동그랗게 떴다.

"여기가 신무문이에요?"

"그래, 신무문이다. 몰랐느냐?"

"전 포대 자루에 담겨서 이동했던 터라……."

철소화가 난감한 얼굴로 말끝을 흐리다가 이내 화색이 돋아나는 얼굴을 했다.

"그럼 다행이네요."

"다행? 뭐가 말이냐?"

"우리 오빠가 지금 혁련가에 가 있거든요. 거기 일 끝나면 다음이 신무문이랬으니까 곧 이리로 올 거예요. 안 씨 할아버지도 함께 계시니까 어떻게든 되지 않겠어요?"

"안 씨 할아버지? 안희명 신응교주님을 말하는 것이냐?"

"이젠 전대 교주님이시죠. 교주직을 넘기셨으니까요."

하수란이 눈을 동그랗게 떴다.

"교주직을 물려주셨어?"

"예. 홀가분하다고 좋아하시더라고요. 덕분에 숙부님만 울상을 하고 있고요."

그 말에 살포시 미소를 보이던 하수란이 이내 씁쓸한 얼굴을 했다.

"결국 그리되었구나. 그러나 그분이라도 우리를 구해 내는 건 무리일지도 모른다."

"예? 그건 또 무슨 말이세요?"

"네 말을 들어 보니 우리 신무문에서 일을 벌인 것들과 유화상단이 한통속인 것 같은데, 아무래도 다른 세력이 패천성의 일에 개입을 한 것 같구나."

"다른 세력이요? 그게 누군데요?"

"글쎄다. 언뜻 떠오르기로는 정무맹인데…… 또 모르지. 다른 누군가가 있을지. 조사를 해 보고 싶다만 지금 당장 꼴이 이래서……."

초췌한 몰골의 하수란이 한숨을 폭 내쉬었다.

"나가서 찾으면 되죠. 꼭 나갈 수 있을 거예요."

"내가 말했지 않느냐? 아무리 그분이라도 힘들 수도 있다고……."

철소화가 고개를 저었다.

"안 씨 할아버지 말고요."

"응? 그분이 아니면? 그분 말고 또 누가 있느냐?"

철소화가 다시금 헤실거리는 얼굴을 되찾았다. 납치를

당한 이후 처음으로 보이는 미소였다.

"있어요. 꽤 능력 있는 오빠가."

"능력 있는 오빠?"

하수란이 고개를 갸웃거렸다.

다시 삼 일을 움직여 땅거미가 어둑어둑해질 무렵, 목적지에 도착한 모용기가 고개를 들었다.

"여기야?"

길안내를 맡은 장용이 고개를 끄덕였다.

"그렇습니다."

"나부산이라……."

전진교의 시조인 왕중양이 처음으로 교의 문을 연 곳이었다.

이후 산동 지방을 중심으로 포교 활동을 전개하는 과정에서 근거지를 옮기는 바람에 주인 없는 땅이 된 것을 신무문이 냉큼 자리를 잡은 것이었다.

"근데 산세가 험하네?"

언뜻 보기에도 크고 작은 봉우리가 많았고, 넓게 펼쳐진 면적은 한눈에 담기에도 어려울 정도였다.

나부산을 쳐다보던 모용기가 미간을 좁히자 장용이 입을

열었다.

"그래도 산을 다 뒤집고 다니는 게 아니라 괜찮을 겁니다."

"누가 뭐래? 알았으니까 형님은 이제 그만 가 봐."

"저, 저요? 저 먼저 가요?"

"그럼 나랑 같이 산에 오를 생각이었어? 아서. 괜히 방해만 되지."

조금은 자존심이 상했다. 그러나 제 생각과는 다르게 눈치 없는 입이 먼저 반응했다.

"그, 그렇겠죠? 그럼 전 이만 가 보겠습니다."

딱 봐도 목숨을 걸어야 할지도 모를 위험한 일이었다. 일단은 사는 게 먼저였다.

그래서 미련 없이 등을 보이는데 모용기의 목소리가 그의 발목을 다시 잡아챘다.

"잠깐만."

장용이 흠칫하며 뒤돌아봤다.

"예, 예? 갑자기 무슨 일로……?"

"딴 게 아니고 시간 잘 지키라고. 가서 시간 잘 지키라고 전해 줘."

장용이 속으로 안도의 한숨을 내쉬며 고개를 끄덕였다.

"알겠습니다."

그리고는 뒤도 돌아보지 않고 급하게 걸음을 옮겼다.

그 뒷모습을 물끄러미 쳐다보던 모용기는 그가 모습을 감출 때쯤 근처의 나무 아래로 가서 가부좌를 틀었다.

은밀하게 움직이기에는 어둠이 완전히 내려앉고 난 다음이 좋았다. 그러기엔 아직 시간이 좀 남았기에 몸 상태나 점검할 생각이었다.

단전에서 한 가닥 진기가 꿈틀거리더니 이내 경맥을 따라 질주하기 시작했다.

실처럼 가느다란 진기의 가닥이 끊어지지도 않고 줄기차게 이어졌다.

무아지경 속에서 한참이나 기를 움직이던 모용기가 다시 눈을 떴을 때는 완전히 해가 진 이후였다.

한참이나 운기를 한 덕인지 몸에서 활기가 넘쳐났다.

그러나 그의 표정에는 무언가 마음에 들지 않는다는 기색이 역력했다.

"머리 위로는 올라가질 못하네."

몰랐다면 모를까, 그 달콤함을 조금이라도 맛본 이상 포기하는 건 불가능했다. 틈이 날 때마다 임독양맥에 도전하려 했지만 꽉 틀어 막힌 경맥은 요지부동이었다.

그 누구의 침입도 허용하지 않겠다는 듯이 단단하게 성벽을 두르고 틈을 보이지 않았고, 내력은 하릴없이 그 주위를 맴돌다가 이내 힘이 빠져 꼬꾸라지기 일쑤였다.

모용기가 한숨을 푹 내쉬더니 이내 고개를 저었다.

"언젠가는 되겠지."

모용기가 자리에서 벌떡 일어섰다. 해가 완전히 진 이후로도 시간이 꽤 지났는지 사위가 깊은 어둠에 잠겨 있었다.

모용기가 만족스런 얼굴로 고개를 끄덕였다.

"좋아."

그리고는 땅바닥을 콕 찍었다.

그런데 엿가락처럼 늘어나며 쭉쭉 뻗어 나가던 이전과는 달리, 움직이는 속도가 그렇게 빠르진 않았다.

대신 유심히 보지 않으면 어둠 속에서 구별이 되지 않을 정도로 흐릿해진 느낌이었다.

"이 짓도 참 오랜만이네."

회귀를 한 이후로는 필요가 없어서 하지 않았더니 거의 일 년만이라 할 수 있었다.

한데 몸이 기억하는지 혹은 머리가 기억하는지는 모르겠지만, 원하는 대로 움직이는 것이 신기할 뿐이었다.

감회에 젖은 얼굴로 움직임을 이어 나가던 모용기가 한 순간 멈칫하며 신형을 멈췄다.

'전방에 둘.'

아직 산중턱에도 이르지 못했다. 그런데 벌써부터 경계가 깔려 있었다.

모용기가 속으로 한숨을 푹 내쉬었다.

'이거 쉽지 않겠는데…….'

어떻게 오르긴 한다 해도 두 개의 짐 덩어리를 달고 빠져나올 수 있을지가 의문이었다.

하오문의 도움을 받기로 했다고는 하나 혼자 움직여야 할 거리는 분명 존재했기 때문이다.

'에이, 몰라. 정 안 되면 짐 하나 버리지 뭐.'

모용기는 가볍게 생각하기로 했다.

하오문과 문제가 생기겠지만 그 정도는 철무한의 선에서 해결이 가능할 터.

어두운 곳에서 자신을 향해 검을 겨눌 것이 조금 마음에 걸리긴 했지만, 그 정도는 혼자서도 어떻게든 해결할 수 있다 생각했다.

생각을 정리한 모용기가 어둠 속에서 소리 없이 검을 뽑았다.

'일단 저것들부터……'

37 章.

참룡
회귀록

斬龍回歸錄

37 章.

부스럭.

“응?”

신무문의 외곽을 돌던 무사가 귀를 쫑긋했다. 그리고는 번쩍 검을 뽑아 들며 날을 세웠다.

“누구냐!”

그의 곁을 동행하던 무사가 의아하다는 얼굴로 검을 뽑아 든 무사를 쳐다봤다.

“박 씨, 왜 그래?”

“누가 있는 것 같아서. 분명 기척이 있는데…….”

“있긴 뭐가 있어? 기껏해야 산짐승이겠지.”

그러나 박 씨라고 불린 무사는 여전히 경계의 눈초리를

풀지 않았다. 그러더니 조심스레 걸음을 옮기기 시작했다.

"왜? 뭐 하게?"

"확인이나 해 보려고. 아무리 봐도 산짐승의 기척은 아닌 것 같아."

"거, 걱정도 참 많네. 여기까지 누가 올라온다고. 밑에 무사들 깔린 것 몰라? 올라오기도 전에 송장이 되든 난리가 나든 뭐라도 했을걸?"

"그렇긴 한데……"

동료의 말이 틀린 것은 아니었지만 여전히 마음 한구석이 찜찜한 그였다.

"일단 확인이나 해 보세. 괜히 꼬투리 잡힐 일은 없어야 할 것 아닌가?"

그리고는 못마땅하다는 얼굴을 한 동료를 두고 다시 걸음을 옮기기 시작했다.

말라비틀어진 수풀 더미 사이로 다가선 박 씨가 검을 뻗어 더미를 헤집으려는 순간.

"야옹~!"

새카만 고양이 한 마리가 툭 튀어나오더니 어디론가 쪼르르 사라졌다.

박 씨가 허탈한 얼굴을 했다.

"뭐야? 고양이였어?"

"거봐. 쓸데없는 짓이라니까. 여기가 어디라고 올라오겠어?

제정신 박힌 놈들이라면 그런 짓은 안 한다고."

"그렇긴 하지."

"그러니까 얼른 가세. 날이 추워. 이제는 밤이 되면 꽤나 쌀쌀하다니까? 얼른 가서 더운 술이나 한잔하고 몸이나 좀 덥히세."

"그렇게 하세나."

신무문의 무사 둘이 두런두런 얘기를 나누며 멀어져 갔다.

그들의 기척이 완전히 사라질 무렵, 덤불 사이에 납작 엎드려 있던 모용기가 얼굴을 찡그리며 몸을 일으켰다.

"젠장! 하필 여길 밟아 가지고."

덤불 사이에 푹 꺼진 곳이 있을 줄은 생각조차 못했다.

그 때문에 의도치 않게 기척을 흘려 발각될 위기에 처했으나, 다행히도 산고양이 덕에 겨우 귀찮은 일을 면한 것이다.

"어? 이건 또 뭐야?"

구덩이에서 발을 빼던 모용기가 얼굴을 와락 구겼다.

"어떤 새끼가 여기다 똥을 싸질러 놨어?"

모용기가 짜증스런 몸짓으로 한참이나 가죽신을 흙바닥에 문질러 댔다. 그러나 여전히 기분을 나쁘게 하는 냄새가 올라오는 것만 같았다.

"씨발. 진짜 똥 밟았네."

잔뜩 일그러진 얼굴을 하던 모용기는 애써 관심을 돌렸다.

산중에 지은 것이라 규모가 작을 거라 생각한다면 오산이었다.

한눈에 담기에 어려울 정도로 전각들이 죽 늘어서 있었고, 규모만으로 본다면 신응교보다도 더 커 보였다.

모용기가 한숨을 푹 내쉬었다.

“이걸 언제 다 뒤져 보나.”

대략적으로 주요 건물들과 구조를 숙지하기는 했지만, 막상 눈으로 대하자 답답함이 몰려왔다. 돌아봐야 할 곳이 너무 많았기 때문이다.

“시간을 맞출 수 있으려나?”

하오문이 시간을 잘 지킬 수 있을까 걱정했던 게 무색할 정도였다.

아무래도 하오문이 아니라 자신이 문제일 것 같았다.

눈알을 데굴데굴 굴리며 계산을 하던 모용기는 이내 고개를 저으며 땅을 콕 찍었다.

모용기 신형이 흐릿해지는가 싶더니 단번에 일 장 높이의 담을 훌쩍 뛰어넘었다. 그리고는 땅을 밟기가 무섭게 어둠이 짙게 진 곳으로 스며들었다.

어둠과 어둠, 때로는 신무문의 전각의 지붕 사이를 뛰어넘으며 빠르게 이동하던 모용기는 조금은 음산해 보이는 기운을 풍기는 건물이 눈에 보이자 멈칫하며 걸음을 멈췄다.

‘여긴가?’

신무문에서 뇌옥으로 쓰이는 전각이라 했다. 철소화가 갇혀 있을 확률이 높은 곳이다.

모용기가 조심스러운 걸음걸이로 전각을 크게 한 바퀴 돌았다.

'일곱이라…….'

그리고 때마침 좋은 기회가 찾아왔다. 꾸벅꾸벅 졸고 있던 무사들 중 하나가 부스럭거리며 눈을 비비더니 자리에서 일어섰다.

멀리서 두런두런 얘기를 나누고 있던 무사들 중 하나가 그 모습을 보고 소리쳤다.

"어? 왜 그래? 어디 가게?"

자리에서 일어서던 무사는 잠이 떨어지지 않은 얼굴로 하품을 하며 아랫배를 쓰다듬었다.

그 모습을 보고는 질문을 던진 무사가 관심을 끊어 버렸다.

"얼른 갔다 와."

고개를 끄덕이며 걸음을 옮기는 무사를 보며 모용기가 히죽 웃음을 보였다.

신무문의 무복을 입고 한참이나 신무문을 헤매고 다니던 모용기가 얼굴을 찡그렸다.

"벌써 한 시진이나 지났는데."

지금껏 뒤진 것보다 훨씬 더 많은 수의 전각들이 남아 있다는 사실이 난감함을 안겼다.

모용기가 얼굴을 찡그리다가 이내 고개를 휘휘 저었다.

'오늘 안으로 찾아야 하는데.'

산을 오르며 해치운 시신들을 군데군데 숨겨 놓긴 했지만, 해가 뜨면 분명 문제가 될 것이었다.

그러면 다시 나부산을 오르는 것은 불가능한 일이 될지도 모를 터.

모용기는 다시 부지런히 움직이기 시작했다. 소리 없이 전각과 전각 사이를 넘나들며 샅샅이 뒤지고 다녔다.

그렇게 또다시 반 시진이 속절없이 흘러갔다.

여전히 소득이 없음에 한숨을 내쉬며 외곽의 전각을 나서던 모용기는 한순간 눈을 동그랗게 떴다.

"응?"

모용기가 급히 몸을 숨겼다.

그 순간 또 다른 전각에서 두 개의 인영이 불쑥 모습을 드러냈다.

바로 유진옥과 염 노인이었다.

염 노인이 진땀을 빼며 유진옥을 말리려 했다.

"아가씨, 안 됩니다. 일단은 참으셔야 합니다."

"참긴 뭘 참아? 내가 고년한테 무슨 일을 당했는지 잘 알면서 지금 그런 소리를 하는 거야? 고년이 지금 내 눈앞에 있는데 내가 더 어떻게 참아?"

"아가씨, 그들의 말대로 아직 패천성의 일이 마무리되지 않았습니다. 일이 잘못되면 고 계집애가 유화상단의 명줄이 될지도 모를 일입니다. 그러니 일단은 두고 보셔야……."

"잘못되긴 뭐가 잘못된다는 거야? 잘못될 여지라도 있어? 쓸데없는 걱정 말고 비키라고!"

"만에 하나라는 게 있습니다. 일이 잘못되면 유화상단이 문을 닫는 것에 그치지 않을 수도 있습니다."

"내가 책임질게! 내가 책임진다고! 이제 됐지?"

두 눈이 흰자위가 드러날 정도로 희번덕거리며 말하는 유진옥의 모습에 염 노인이 한숨을 푹 내쉬었다.

제 주제에 대체 뭘 책임질 수 있다는 것인지 한심했던 탓이다. 그러나 언제 그랬냐는 듯 얼른 낯빛을 고치며 다시금 유진옥을 뜯어말렸다.

"그럼 그들은 어쩌시겠습니까? 고 계집애에게 일이 생긴 것을 눈치 챈다면 그들이 가만있지 않을 것입니다."

"밖에 나갔다며? 그사이에 후딱 해치우면 되지. 일을 알고 난 이후에야 한소리 하고 치우는 것 말고 지들이 뭘 어쩌겠어?"

"아가씨, 그들과의 관계는 단주님도 신신당부한 일로……."

"그만하라고!"

유진옥이 앙칼지게 소리쳤다. 그리고는 제 목에 검을 불쑥 들이댔다.

염 노인이 당황한 얼굴을 했다.

"아가씨!"

유진옥은 여전히 두 눈을 희번덕거린 채 이를 갈며 말했다.

"내가 죽을까? 그럼 좋겠어? 정말 그렇게 해?"

"아가씨……."

"그게 아니면 닥치고 따라오기나 해. 내가 책임지겠다고."

그리고는 휙 하고 몸을 돌리더니 급한 몸짓으로 걸음을 옮겼다.

차마 그녀를 말리지도 못하게 된 염 노인은 난처한 얼굴로 유진옥의 뒤를 따랐다.

오래지 않아 후원에 도달하자 유진옥의 걸음걸이가 조금 더 빨라졌다.

그리고 후원에서도 후미진 곳에 위치한 창고 앞으로 다가가더니 쾅 하고 문을 열어젖혔다.

낡은 문짝이 벽에 부딪히더니 끼익끼익 하는 소리를 냈다.

여전히 바닥에 누워 있던 철소화가 눈을 동그랗게 뜨고 유진옥을 쳐다봤다.

면사 사이로 드러난 유진옥의 두 눈이 기이한 빛을 번뜩이는 것만 같았다.

유진옥이 이를 으드득 갈며 철소화에게 검 끝을 돌렸다.

"오래 기다렸지? 기대해도 좋아. 밤새도록 같이 놀아 줄 테니까."

하수란이 엉금엉금 움직이며 움직이지 못하는 철소화를 가리려 했다.

"넌 뭐냐? 네가 이러고도 살 성싶으냐?"

목소리에 날이 섰다. 얼굴이 따끔따끔한 게 살기가 제법 실린 것이다.

그러나 유진옥은 눈 하나 깜빡하지 않고 염 노인을 불렀다.

"이거 치워."

"이년이……!"

그러나 하수란은 더 말을 이어 나가지 못했다. 염 노인이 혈을 짚은 것이다.

염 노인이 딱딱하게 굳어진 하수란을 한쪽 구석으로 옮겨 놓자 유진옥이 다시 철소화를 쳐다봤다.

직후 그녀의 눈매가 가늘게 휘어지며 얼굴에 두른 면사가 가볍게 떨리기 시작했다.

"죽어!"

유진옥이 불쑥 검을 뻗었다.

철소화가 당황한 얼굴로 기어이 목소리를 내고야 말았다.

"자, 잠깐!"

철소화가 눈을 질끈 감아 버렸다.

쩡!

"응?"

철소화가 눈을 가늘게 떴다.

유진옥의 검을 막아서고 있는 또 다른 검.

그 검신을 조심스런 눈초리로 타고 올라가던 시선이 이윽고 한 곳에 멈추더니 철소화가 반색을 했다.

"오빠!"

모용기가 히죽 웃었다.

"살아 있었네."

"그걸 지금 말이라고…… 어?"

얼굴을 찡그리며 투덜거리던 철소화가 한순간 당황한 얼굴을 했다.

소리 없이 날아드는 한 개의 섬광.

염 노인이 손을 쓴 것을 먼저 발견했기 때문이다.

그러나 모용기는 아무렇지도 않다는 얼굴로 유진옥의

검이 걸린 자신의 검을 쭉 끌어당겼다.

동시에 유진옥의 검이 끌려왔고, 제 검을 꼭 붙잡고 있던 유진옥 역시 함께였다.

"어? 어?"

퍽!

"이런!"

유진옥의 어깨를 파고든 자신의 단검을 보고는 염 노인이 당황한 얼굴을 했다. 그와 동시에 유진옥이 비명을 지르려 했다.

"꺄아…… 헙!"

그러나 모용기는 비명조차 지르지 못하도록 목덜미를 움켜잡았다.

숨이 막히는지 금세 새빨갛게 달아오른 얼굴로 컥컥거리는 유진옥. 그리고 양손으로 자신의 목에 달라붙은 모용기의 손을 떼어 내려 용을 쓰지만 요지부동이었다.

"그만두지…… 으헛!"

호통을 치려던 염 노인은 무언가 자그마한 물체가 쉭 하고 날아들자 기겁을 하며 허리를 숙였다.

모용기가 여전히 자신의 팔을 양손으로 붙잡은 채 컥컥거리는 유진옥을 염 노인의 앞으로 내밀며 이리저리 흔들었다.

"켁! 켁!"

유진옥의 몸부림이 한결 더 심해졌다. 그러나 모용기는 아랑곳하지 않은 얼굴로 염 노인을 쳐다봤다.

"입 다물어. 이 계집애 죽이기 싫으면."

염 노인의 눈동자가 세차게 흔들렸다.

"어쩌려고 이러는 것이냐? 정녕 네놈이 이러고도 무사할 성싶으냐?"

"누구는 패천성주 딸내미도 건드리는데, 유화상단 딸내미 따위야 뭐."

그리고는 어느새 축 늘어진 유진옥의 목덜미를 여전히 움켜쥔 채 그녀를 질질 끌고 염 노인에게 다가서더니 이곳저곳을 콕콕 짚었다.

온몸이 딱딱해지는 것을 느낀 염 노인은 제 몸에는 관심을 두지 않은 채 여전히 유진옥을 걱정스런 눈으로 쳐다봤다.

"아가씨를 풀어 줘라."

모용기가 축 늘어진 유진옥을 아무렇게나 집어 던졌다.

퍽!

벽면에 아무렇게나 부딪히더니 힘없이 바닥을 구르는 유진옥.

그 모습을 보고 염 노인이 모용기를 향해 이를 갈았다.

"아가씨가 잘못되기라도 하면 네놈은 곱게 죽지 못할 것이다."

염 노인의 협박에 모용기가 픽 하며 웃음을 흘렸다.

"그러니까 내 걱정보다 당신들 걱정이나 하는 게 어때? 난 유화상단이지만 댁들은 패천성이라고."

그 말을 끝으로 미련 없이 뒤돈 모용기가 철소화에게로 다가가 손가락으로 콕콕 찔렀다.

드디어 자유를 되찾은 철소화가 벌떡 몸을 일으키다가 이내 머리를 부여잡으며 얼굴을 찡그렸다.

"윽. 어지러워."

그러나 오래지 않아 적응이 됐는지 고개를 휘휘 젓고는 자리에서 벌떡 일어섰다.

그리고는 모용기를 향해 손을 내밀었다.

모용기가 의아한 얼굴로 철소화를 쳐다봤다.

"뭘?"

"오빠 검 좀 빌려줘."

"검? 내 검을 왜?"

철소화가 바닥에 널브러져 정신을 차리지 못하는 유진옥을 쳐다보며 이를 갈았다.

"저 계집애 죽여 버리게."

소변을 보고 온 무사는 담장에 기대 고개를 푹 숙이고 있는 무사를 보고는 한숨을 푹 내쉬었다.

"이 친구도 참. 잠깐만 봐 달라니까 고새를 못 참고……."

고개를 절레절레 저은 무사는 한 바퀴 주위를 휙 둘러보더니 고개를 푹 숙이고 있는 무사 옆에 털썩 주저앉았다.

고이 잠든 무사의 심정을 이해하지 못할 바도 아니었다.

신무문은 나부산 깊은 곳에 자리했기에 누군가가 침입하리라고 생각하기는 어려웠기 때문이다.

특히 아래쪽에도 경계를 서는 무사들이 쫙 깔려 있었으니, 더욱 그러할 터였다.

"하암……."

하품을 하며 눈물을 찔끔하던 무사는 밀려오는 수마의 유혹에 저도 모르게 슬그머니 눈을 감다가 이내 눈을 번쩍 뜨고 고개를 휘휘 저었다.

어떻게든 수마를 몰아내 보려는 몸부림이었지만 쉽지는 않았다. 계속해서 눈꺼풀이 무거워졌고 정신은 몽롱해졌다.

"잠시 눈 좀 붙일까?"

어차피 교대를 할 때까지는 올 사람도 없었다.

게다가 교대를 하러 오는 이들도 동료들이었기에 조금 존다고 뭐라 할 것도 아니었다.

무사는 고개를 푹 숙이고 있는 동료에게 조금 더 가까이 붙으며 엉덩이를 들이밀었다.

"이 사람아, 조금만 옆으로 가 봐. 짚단 좀 같이 쓰세."

그러나 동료는 깊은 잠에 빠져든 것인지 반응이 없었다. 무사가 얼굴을 찡그리다가 팔을 뻗어 동료를 흔들었다.

"잠깐만 일어나 봐. 짚단 좀 같이 쓰자니…… 어?"

털썩!

무사가 힘없이 쓰러지는 동료를 보고 눈을 동그랗게 떴다. 그러나 이내 기겁을 하며 숨을 급히 들이켰다.

"어헉!"

땅바닥에 아무렇게나 널브러져 있는 동료.

그가 눈을 크게 뜬 채 불안한 눈초리로 자신을 쳐다보고 있었기 때문이다.

삐이이익!

호각 소리 하나가 길게 꼬리를 보이더니 이내 사방에서 호각 소리가 마구잡이로 울려 퍼졌다.

반쯤은 어둠에 잠겨 있던 신무문이 그와 동시에 환하게 불을 밝혔다.

모용기가 얼굴을 구겼다.

"이런!"

"이제 어쩌지?"

철소화 역시 당황한 눈으로 모용기를 쳐다봤다.

모용기는 한숨을 푹 내쉬다가 나부산의 더 깊은 곳을 향해 발걸음을 돌렸다.

"따라와."

"어? 왜 그쪽으로 가는 건데?"

철소화의 목소리에 의아함이 자리했다.

모용기가 잡은 방향이 산 아래가 아닌 위쪽이었기 때문이다.

철소화에게 업혀 있던 하수란이 눈을 반짝였다.

"혹 지금 단연애로 향하는 건가?"

"거기 말고 또 있겠어요?"

고개도 돌리지 않고 대꾸하는 모용기를 보며 하수란은 기분이 상하기보다는 의문이 먼저였다.

"네가 단연애를 어떻게 아는 거지? 혹시……."

"예, 맞아요. 아줌마 딸내미 만났어요."

그제야 모용기를 바라보던 시선에 담겨 있던 의심이 조금은 사그라들었다.

그러나 철소화는 여전히 의문이 가득한 얼굴이었다.

"단연애? 고모님 딸내미? 유선 언니?"

"맞아. 걔 만났어."

"오빠가 유선 언니를 어떻게?"

"어떻게는 뭐가 어떻게야? 너 찾으려고 만난 거지. 그보다……."

검을 휘두르며 말라비틀어진 수풀을 헤치고 나가던 모용기가 하수란을 돌아봤다.

"아줌마, 혹시 길 알아요? 대충 지도를 보긴 했는데, 날이 어두우니까 헷갈리네요."

하수란이 모용기를 물끄러미 쳐다보다가 이내 고개를 끄덕였다. 여전히 의심이 남았지만 달리 방법이 없었던 탓이다.

"거기서 오른쪽으로……."

하수란이 길을 알려 주자 이제껏 길을 찾느라 멈칫멈칫하던 모용기의 발걸음에 거침이 없어졌다.

길을 가로막는 나뭇가지나 덤불 따위를 툭툭 쳐내며 빠르게 이동했다.

그러나 아무리 길을 튼다 해도 자잘한 나무덤불까지는 어떻게 하지 못했다. 모용기에게 뒷덜미를 잡힌 채 아무렇게나 들려 다니던 유진옥이 나무덤불이나 가시 따위에 긁혀 생긴 통증에 저도 모르게 눈을 떴다.

"으음…… 어?"

그리고는 생소한 상황에 본능적으로 목소리를 높였다.

"꺄아…… 헙!"

모용기가 급하게 유진옥의 혈을 짚고는 자신의 얼굴 높이까지 들어 올리며 윽박질렀다.

"이게 진짜 뒈지려고. 죽고 싶어?"

그러나 사지가 뻣뻣하게 굳은 유진옥은 불안한 눈초리로 눈만 데굴데굴 굴릴 뿐이었다.

철소화가 잔득 짜증이 배인 눈으로 투덜거렸다.

"그냥 죽여 버리자니까. 괜히 짐만 되고."

"조그만 게 말끝마다 죽여, 죽여야. 안전장치 하나쯤은 있어야 할 것 아냐?"

"그럼 차라리 그 노인을 붙잡아 올 것이지. 삐쩍 말라서 가볍게 생겼던데. 얘는 딱 봐도 토실토실한 게 무겁게 보이잖아."

"거참, 말 많네. 딱 봐도 그 노인보다는 얘가 비싸 보이지 않냐? 그러고 무겁든 가볍든 네가 무슨 상관이야? 어차피 내가 드는데. 넌 지금 네 상황이 어떤지는 아는 거야? 너 지금 쫓기고 있는 거라고. 얘가 왜 이렇게 긴장감이 없어?"

"긴장감 없는 건 오빠도 마찬가지잖아. 내가 지금 괜히 이러는 줄 알아? 이게 다 오빠……."

그때, 두 사람의 대화를 듣고 있던 하수란이 한숨을 푹 쉬더니 철소화의 말을 끊었다.

"소화야."

"어? 예, 고모님."

"입 좀 다물거라."

"헙!"

철소화가 급하게 숨을 들이켜며 입을 다물었다.

그 모습에 하수란을 향해 엄지를 치켜세우며 히죽 웃어 보이던 모용기가 이내 미간을 좁히고 말았다.

"아무래도 꼬리가 잡힌 것 같은데……."

신무문 내에서 방황하던 불빛이 한 방향으로 모아졌다. 유진옥의 비명을 들은 것이다.

자신이 철소화를 배려하느라 남긴 흔적을 찾으면 따라잡히는 것은 시간문제일 터.

'그냥 수풀 헤치지 말걸 그랬나?'

그러나 이내 고개를 젓고 말았다. 자신이 그렇게 하지 않았어도 철소화라면 어떻게든 흔적을 남겼을 터였다.

"그냥은 안 되겠고."

모용기가 몸을 돌리더니 철소화에게 다가갔다.

"어? 왜?"

눈을 동그랗게 뜨고 의문을 보이는 철소화에게 뻣뻣하게 굳어 있는 유진옥을 내미는 모용기였다.

"이거 가지고 먼저 가 있어."

"어? 오빠는?"

모용기가 아래쪽에서 점차 거리를 좁혀 오는 불빛들을 내려다봤다.

"난 시간 좀 끌다가 갈게."

그리고는 바닥을 콱 찍었다.

모용기의 신형이 흐릿해지더니 이내 잔상마저 산산이

흩어져 내리며 자취를 감춰 버렸다.

"어?"

철소화가 당황한 얼굴을 하는데, 먼저 정신을 차린 하유선이 철소화의 어깨를 툭 쳤다.

"어서 가자."

"하지만……."

"어차피 짐만 될 뿐이다. 그 아이 말대로 단연애에 가서 기다리는 게 나을 것이다."

철소화가 입술을 꾹 깨물었다.

그리고는 한 손으로 하수란의 엉덩이를 받치고, 다른 손으로는 땅바닥에 아무렇게나 널브러져 있던 유진옥의 머리채를 낚아챘다.

"알겠어요."

꼬리에 꼬리를 물고 이어지는 불빛.

어림잡아도 세 자릿수는 족히 넘어 보였다.

"머릿수는 더럽게 많지."

조금은 긴장한 얼굴을 하는 모용기였다.

그러나 이내 휘휘 고개를 저으며 긴장을 풀어냈다.

"어차피 시간만 끌 건데, 뭐."

아직 조금 거리가 남긴 했지만 모용기는 콱 바닥을 찍었고, 그의 신형이 단숨에 튀어 오르며 사람들의 시선을 끌어모았다.

"누구냐!"

"감히 여기가 어디라고!"

사방에서 목소리를 높였다.

정돈된 느낌이었던 암영대와는 달리 조금은 산만해 보이는 이들이었다.

그러나 신무문의 무사들이 뿜어내는 기세만큼은 암영대보다도 더 사나워 보였다.

'이게 더 위험한데…….'

모용기가 얼굴을 찡그렸다.

정돈된 곳에서는 예측을 하기가 쉽지만 정돈되지 않은 곳은 예상이 어렵기 때문이다.

그러나 크게 걱정은 하지 않는다. 어차피 깊숙이 들어갈 생각은 없었기 때문이다.

모용기가 뚝 떨어져 내리며 검을 뻗었다.

"으헉!"

먼저 표적이 된 무사가 당황한 얼굴로 검을 치켜들었다. 모용기가 히죽 웃더니 검 끝을 슬쩍 틀었다.

"어?"

주르륵 미끄러지는 모용기의 검에 무사가 당황하는 사이,

이내 목적지에 발을 닿은 모용기가 검을 휙 그어 버렸다.

"악!"

가슴이 쩍 벌어진 무사가 피를 뿜으며 무너져 내렸다.

"이놈!"

그 순간 날아드는 두 개의 섬광.

염 노인이었다.

모용기가 검 끝을 돌리더니 둥글게 원을 그렸다.

염 노인이 발출한 두 개의 단검은 모용기가 그려 낸 원에 그대로 갇혀 버렸다.

"어?"

당황하는 염 노인의 얼굴을 두고 모용기가 무표정한 얼굴로 계속 원을 그리다가 한순간 검 끝을 휙 돌려 버렸다.

퍽! 퍽!

"악!"

"으억!"

염 노인은 얼굴을 찡그리며 양손을 거둬들였다.

무사들에게 박힌 두 개의 단검이 불쑥 튀어 오르며 염 노인에게로 돌아가는 순간, 확 하고 핏물이 튀어 올랐다.

염 노인이 이를 갈며 모용기를 쳐다봤다.

"아가씨는 어디 있나?"

"글쎄? 어디에 있을까?"

"네놈이 정녕 죽고 싶은 모양이구나!"

"누가? 영감이?"

그리고는 모용기가 주위를 휙 돌아봤다.

"아니면 이 떨거지들이?"

그 말에 신무문의 무사들의 기세가 한결 더 사나워졌다.

그리고 그 순간 세 개의 인영이 툭 하고 떨어져 내리더니 모용기를 포위하는 형세를 갖췄다.

"어?"

모용기가 당황하는 얼굴을 했다.

그리고 새로이 나타난 세 개의 인영 중 하나, 신무문의 장로 배중손이 눈을 빛내며 앞으로 나섰다.

"네놈은 누구냐? 감히 여기가 어디라고 이 난리를 치는 것이냐?"

"어? 그게……."

어색하게 웃던 모용기가 한순간 바닥을 콱 찍었다.

촤악!

"어?"

오른쪽 어깨부터 왼쪽 허리까지 길게 그어지는 선.

현실감 없다는 얼굴로 눈을 끔뻑끔뻑하던 배중손의 눈빛이 급격히 흐려졌다.

이내 그의 신형이 힘없이 뒤로 넘어가는 순간, 팟 하고 피분수가 튀어 올랐다.

한 걸음 슬쩍 물러서며 핏물을 피해 내던 모용기가 나직한 목소리로 중얼거렸다.

"알면 뭐가 달라지냐니까."

신무문의 무사들이 웅성거리며 동요하기 시작했다.

배중손과 함께 등장했던 두 사람도 당황한 얼굴을 했으나, 그중 먼저 정신을 차린 하나가 앞으로 나서며 버럭 소리쳤다.

"죽여라!"

"헥헥! 죽겠다."

가쁜 숨을 몰아쉬면서도 철소화는 걸음을 멈추지 않았다.

여기저기 장애물이 많았던 탓에 바지가 찢기며 군데군데로 비집고 나온 하얀 속살에서 핏물이 흘러내렸다.

그러나 철소화의 손에 머리채를 붙잡힌 채 이리저리 끌려다닌 유진옥에 비하면 상처가 났다고 말하기도 어려울 정도였다.

철소화가 워낙 험하게 다룬 탓에 값비싼 비단으로 만들어진 옷은 걸레로도 쓰기 어려울 정도로 형편없어졌고, 아래위를 가리지 않고 전신에 자리한 생채기에서 핏물이 배어났다.

그러나 철소화는 유진옥에게 눈길 하나 주지 않았다.

"오른쪽. 저기 큰 나무를 돌아가면 된다."

하수란의 지시에 따라 길을 찾는 것에만 온정신을 집중했기 때문이다.

"아직 멀었어요?"

제법 산을 많이 올라왔다. 어림잡아도 두 식경 정도는 지난 것 같았다.

그러나 아직도 끝이 보이지 않는 듯하자 저도 모르게 앓는 소리가 나온 것이다.

"이제 다 왔다. 저기 큰 바위만 돌면……."

"진짜요? 다 왔어요?"

철소화가 반색을 했다.

마지막 남은 힘을 짜내 속도를 붙였다.

그리고는 하수란이 가리킨 바위를 돌아서 크게 한 발을 내딛는 순간.

후웅!

"응?"

갑자기 훅 몰려오는 차가운 공기에 철소화가 몸을 움찔 떨었다.

나무니 덤불이니 무성히 늘어져 있던 지금까지의 길과 달리, 잡초 하나 쉬이 찾아볼 수 없이 텅 빈 공터였다.

"어라?"

철소화가 미간을 좁히며 얼굴을 찡그리는데, 하수란이 철소화의 어개를 툭 쳤다.

"뭐 하는 게냐? 어서 가자꾸나."

"어? 그게…… 여기 맞아요?"

하수란이 고개를 끄덕였다.

"맞다. 어서 움직이자."

하수란이 연신 재촉하자 철소화가 어쩔 수 없다는 얼굴로 타박타박 걸음을 옮겼다.

그러나 걸음을 옮길수록 바람이 더 세차지는 느낌이었다.

의문이 가득한 얼굴로 몇 걸음을 더 옮기던 철소화가 한순간 그 자리에 우뚝 서며 당황한 얼굴을 했다.

"이, 이게……."

끝이 보이지 않는 천 길 낭떠러지.

어둠에 휩싸여 음산한 기운마저 뿜어내는 천 길 낭떠러지가 그녀를 향해 입을 쩍 벌리고 있었다.

하수란이 그때 입을 열었다.

"여기가 단연애다."

"으악!"

가슴을 난도질당한 또 다른 장로 하나가 끔찍한 비명을 내질렀다.

모용기는 숨을 돌릴 틈도 없이 바닥을 찍으며 다음 목표를 찾았다.

한발 물러서서 상황을 살피던 염 노인이 눈을 휘둥그레 떴다.

"뭐 저런 놈이……."

무공이 강한 것도 강한 것이지만, 그보다는 싸움을 지나치게 잘 안다는 게 놀라웠다.

마구잡이로 움직이는 것처럼 보였어도 조금 시간이 지나고 보면 자신이 유리할 위치를 기가 막히게 점하고 있었다.

살기가 휘몰아치고 핏물이 사방으로 튀기는 전장에서도 머리만은 차갑게 식히고 있는 것이다.

"억!"

옆구리가 길게 베인 신무문의 무사 하나가 또다시 힘없이 무너졌다.

먼저 나타났던 세 명의 장로는 차갑게 식어서 바닥을 뒹굴고 있었고, 뒤늦게 나타난 몇몇 장로들은 차마 모용기에게 다가설 생각을 못 한 채 멀찌감치 물러서서 소리만 높였다.

"죽여! 죽이라고!"

"잡아! 당장 잡아!"

무사들의 뒤에 숨어서 목소리만 높이는 그들을 못마땅하다는 눈초리로 쳐다보던 염 노인은 이내 고개를 절레절레 저었다.

"나도 마찬가진가."

벌써 두 자릿수는 족히 죽어 나갔다.

대부분 신무문의 무사들이었지만, 개중에는 유화상단의 무사들도 섞여 있었다.

그럼에도 앞으로 나서지 못한 것은 무사들의 뒤에서 소리만 지르고 있는 신무문의 장로들과 같은 이유에서였다.

한숨을 푹 내쉬던 염 노인은 곧 다시 고개를 저으며 정신을 차렸다.

"내가 지금 이럴 때가 아니지."

모용기가 중요한 것이 아니다.

현재 그에게 중요한 것은 다름 아닌 유진옥의 신변이었다.

염 노인이 뒤에 죽 늘어서 있던 다섯의 유화상단 무사들을 향해 눈짓을 했다.

"가자."

염 노인을 필두로 유화상단의 무사들이 모용기가 내려왔던 산을 오르기 시작했다.

정신없이 싸우던 와중에도 주의를 놓치지 않던 모용기가 얼굴을 찡그렸다.

"그래도 생각 있는 놈이 있었네."

그 순간 새파란 예기를 뿜어내는 검 한 자루가 불쑥 찔러 들어왔다.

모용기가 바닥을 콱 찍었다.

모용기의 신형이 흐릿해지며 그가 남긴 잔상을 훑고 지나가던 무사가 당황한 얼굴을 했다.

"어?"

그리고 시커먼 그림자가 무사의 눈앞을 어지럽혔다.

우드득!

비명도 지르지 못하고 무너지는 무사를 발판 삼아 모용기가 몸을 틀더니 그대로 유화상단의 무리들에게로 쏘아져 나갔다.

"헉!"

"응?"

급하게 숨을 들이켜는 무사의 소리에 염 노인이 고개를 갸웃거리며 시선을 돌렸다.

"으헛!"

직후 기겁을 하며 그가 몸을 내빼려는 순간.

서걱!

염 노인의 왼팔이 툭 하고 떨어져 내렸다.

"윽!"

밀려드는 고통에 염 노인이 얼굴을 잔뜩 일그러트린 채

비틀거리며 물러섰다.

"이, 이놈!"

"죽어!"

물러서는 염 노인의 양옆으로 두 개의 검이 불쑥 튀어나오더니 모용기를 노렸다.

모용기가 침착한 얼굴로 검을 뻗었다. 그리고 한순간 검끝이 요동치기 시작했다.

쩡! 쩡!

두 개의 검이 단번에 돌아갔다.

모용기는 멈추지 않고 한 걸음 더 앞으로 나서며 양옆으로 한 번씩 검을 그었다.

"컥!"

"그륵!"

무사 둘이 쩍 벌어진 목을 제 손으로 움켜쥐며 무릎을 꿇었다.

그리고는 이내 앞으로 꼬꾸라졌다.

털썩! 털썩!

"너…… 너……!"

피를 철철 흘리며 잘려 나간 팔의 단면을 움켜쥐고 있던 염 노인이 입가를 부들부들 떨며 모용기를 쳐다봤다.

반면 모용기는 여전히 차가운 눈빛으로 마무리를 짓기 위해 걸음을 옮길 뿐이었다.

그러나 벌떼처럼 따라붙은 신무문 무사들이 횃불을 치켜 들고 거리를 좁혀 온 탓에 목표한 바를 이룰 수는 없었다.

아쉽다는 얼굴로 입맛을 다시는 모용기.

"영감, 운이 좋네? 오래 살겠어."

"네놈……!"

부득부득 이를 가는 염 노인을 주시하던 모용기는 이내 땅을 콕 찍었다.

모용기의 시선이 염 노인을 쳐다보던 자세 그대로 흐릿해지더니, 다시금 높은 나무 끄트머리에서 모습을 드러냈다.

염 노인을 쳐다보는 시선은 여전히 유지한 채.

"가급적이면 나 찾지 마. 오래 살고 싶으면."

모용기가 장난스레 한쪽 눈을 찡긋거리더니 한순간 몸을 휙 비틀며 쭉쭉 뻗어 나갔다.

"잡아! 잡으라고!"

"빨리 빨리 움직여! 지금 뭐 하는 거냐!"

신무문 장로들의 쩌렁쩌렁한 목소리만이 모용기가 지나간 자리를 허무하게 메울 뿐이었다.

모용기가 단연애 앞에서 방황하는 철소화를 보고 고개를 갸웃거렸다.

“여기서 뭐 해?”

“오빠!”

반가운 얼굴을 하던 철소화가 피에 젖은 모용기를 보고는 금세 당황한 얼굴을 했다.

“오빠! 피! 피!”

“내 피 아냐. 그보다…….”

모용기가 여전히 시커먼 어둠에 쌓여 속살을 드러내지 않는 단연애를 힐끔 쳐다보고는 하수란에게 시선을 돌렸다.

“여기 맞아요?”

“그렇다.”

하수란이 고개를 끄덕이자 모용기가 단연애 아래로 고개를 뺀었다.

철소화가 기겁을 했다.

“오빠! 위험하게!”

“조용히 좀 해 봐. 나 지금 집중하는 거 안 보여?”

날아든 핀잔에 철소화가 얼굴을 찡그리며 입을 닫자, 모용기는 조금 더 정신을 집중하며 귀를 쫑긋했다.

후우웅 하는 바람 소리가 그의 귀를 가리려 했지만 조금 시간이 지나자 그마저도 익숙해졌고, 이내 미세하게나마 딱딱거리는 소리가 들려오며 모용기의 귀를 자극했다.

모용기가 히죽 웃었다.

"여기 맞네."

"뭐가? 대체 뭔데?"

철소화가 고개를 갸웃거렸다.

그러나 모용기는 대꾸도 하지 않은 채 아무렇게나 널브러져 있는 유진옥을 집어 들었다.

공포와 당황, 그리고 고통이 뒤섞여 불안정하게 흔들리는 유진옥의 눈을 마주한 모용기가 히죽 웃음을 보이더니 단연애 아래로 냅다 던져 버렸다.

"헉! 오빠 지금…… 어?"

당황한 얼굴로 떨어져 내리는 유진옥의 신형을 쫓던 철소화의 두 눈에 의문이 자리했다.

그녀가 십여 장 아래로 떨어지던 그 순간, 갑자기 검은 물체가 불쑥 튀어나오더니 그녀를 낚아채고는 사라져 버린 것이었다.

"저, 저게 뭐야?"

"제대로 되네."

실험 삼아서 먼저 유진옥을 집어 던졌던 모용기는 만족스런 얼굴로 고개를 끄덕였다.

"제대로 되긴 뭐가? 그러니까 저게 뭐냐고?"

"뭐긴 뭐야? 저 아줌마 딸내미지."

"고모님 딸내미? 유선 언니?"

모용기는 대답 대신 하수란을 쳐다봤다.

"먼저 가실래요?"

"그러마."

모용기가 한 치의 망설임 없이 하수란을 집어 들자, 철소화가 당황한 얼굴을 했다.

"어? 자, 잠깐!"

모용기는 철소화가 손을 뻗을 틈도 없이 하수란을 휙 집어 던졌다.

그러자 마치 기다렸다는 듯이 검은 물체가 또다시 불쑥 튀어나오더니 하수란을 받아 들고 모습을 감췄다.

모용기가 철소화를 쳐다봤다.

"너도 가야지?"

"어? 나? 나?"

철소화가 눈알을 데굴데굴 굴리다가 뒤늦게 그 의미를 알아채고는 주춤주춤 뒷걸음질 쳤다.

"아, 아니 잠깐…… 내가 높은 곳을 좀 싫어해서……."

모용기가 아랑곳하지 철소화의 손목을 덥석 잡아챘다.

"얼른 가. 시간 없어."

철소화가 끌려가지 않으려 용을 썼다.

"아, 아니 그게 아니고…… 우리 그냥 걸어 내려가면 안 될까? 아무래도 그게 좋을 것 같은데……."

모용기가 시선을 돌렸다.

어느새 가까워진 불빛이 눈앞을 어지럽히기 시작했다.

모용기가 고개를 저었다.

"아무래도 안 되겠다."

그리고는 철소화를 휙 집어 던져 버렸다.

"으헉!"

너무 놀란 탓에 비명조차 지르지 못하는 그녀였다.

뒤늦게 허공에 붕 뜬 느낌에 소름이 돋으며 비명이라도 지르려는 찰나.

무언가 부드러운 물체가 철소화를 턱 하고 받아 들었다.

"어?"

절벽 사이로 난 자그마한 동굴 같은 곳으로 쏙 들어간 철소화는 갑자기 눈을 쏘는 불빛에 얼굴을 찌푸렸다.

"윽!"

그러나 몇 번 눈을 깜빡거리자 이내 적응이 되는지 주변을 또렷하게 살필 수 있었다.

그리고 죽 늘어선 십여 명의 사람들 가운데서 반가운 얼굴이 그녀를 기다리고 있었다.

"소화야!"

"유선 언니!"

철소화가 하유선의 양손을 덥석 잡았다.

"언니! 여긴 어쩐 일이야? 정말 나 구하러 온 거야?"

"그, 그게……."

하유선의 반응은 어딘가 모르게 어색해 보였다.

그러나 정신이 없는 와중에 반가운 사람을 만난 철소화는 함박웃음을 지으며 종알거릴 뿐, 그녀의 기색을 눈치 채지 못한 듯했다.

"정말 기아 오빠 만났나 보네? 맞지? 기아 오빠랑 입 맞춘 거지?"

"아, 아니 그게 말이지……."

하유선이 곤란한 얼굴로 손을 빼려는데, 철소화가 갑자기 무슨 생각이 들었는지 고개를 홱 돌렸다.

"아, 맞다. 기아 오빠는? 기아 오빠도 뛰어내릴 텐데?"

그 순간 모용기의 신형이 휙 하고 아래로 꺼져 버렸다.

순식간에 일어난 일이었지만 당황으로 불안하게 흔들리는 모용기의 눈빛이 철소화의 큰 눈동자에 콕 하고 틀어박혔다.

"어?"

상황을 이해하지 못하겠는지 한동안 눈만 끔뻑거리던 그녀가 여전히 이해가 가지 않는다는 얼굴로 하유선을 돌아봤다.

"언니, 이게 지금……."

철소화의 목소리가 저도 모르게 불안정하게 떨려 나왔다.

그리고 그것은 상황을 이해하지 못한 하수란 역시 마찬가지였다.

"유선아, 이게 대체 어찌된 일이냐?"

하수란의 다그침에도 하유선은 입을 꼭 다물고 있더니 조금 시간이 지난 후에 철소화를 향해 고개를 푹 숙였다.

"미안해! 정말 미안해!"

"아니, 그게…… 그러니까……."

철소화의 눈동자가 여전히 갈피를 잡지 못하고 있는데, 그 순간 동굴의 뒤편에서 뚜벅뚜벅 발걸음 소리가 가까워지더니 두 개의 인영이 모습을 드러냈다.

철소화의 두 눈이 찢어져라 크게 떠졌다.

"다, 당신은……!"

하나는 철소화 자신을 납치했던 바로 그 흑의 인영이었다.

그리고 또 하나는 하수란과 똑같은 얼굴과 체형을 한 여인이었다.

여전히 방황하는 철소화와 달리 빠르게 상황을 이해한 하수란이 얼굴을 구겼다.

"유선이 너…… 저들과 손을 잡은 것이냐!"

항상 부드럽게 자신을 향했던 목소리가 이번만큼은 날카롭게 날이 서 있었다.

하유선이 힘없이 고개를 끄덕였다.

"엄마를 구하려면 어쩔 수 없었어요."

"그걸 지금 말이라고! 내가 누누이 말하지 않았더냐! 상황이 급해도 해도 되는 일이 있고, 하면 안 되는 일이 있다고! 이게 하면 안 되는 일이라는 것을 정녕 모른 것이냐!"

하수란의 앙칼진 목소리가 동굴 안에 메아리쳤다.

하유선이 섭섭하다는 얼굴을 하더니 곧 두 눈에 눈물이 차오르기 시작했다.

하수란이 여전히 못마땅하다는 얼굴로 다시 목소리를 높이려는 찰나.

무덤덤한 눈으로 쳐다보고 있던 흑의 인영이 손을 들었다.

"그만! 집안싸움은 집에 가서 하도록 하고."

흑의 인영이 눈가에 조금은 물기가 어린 하유선과 시선을 맞췄다.

"약속대로 우린 신무문에서 철수하도록 하지."

하유선 대신 하수란이 이를 갈며 말했다.

"개목걸이 하나 채워 뒀다 이건가?"

흑의 인영의 눈매가 가늘게 휘어졌다.

"역시 말이 잘 통할 줄 알았다니까."

하수란이 딱딱하게 얼굴을 굳힌 채 흑의 인영, 그리고 자신과 똑같은 모습을 하고 있는 여인을 한참이나 노려봤다.

그러나 외통수였다.

"소화는 어쩔 건가?"

"당연히 우리가 데려가야지."

하유선이 당황한 얼굴을 했다.

"그런 말은 없었잖아요?"

흑의 인영 대신 하수란과 똑같은 얼굴을 한 여인이 그녀와 똑같은 목소리로 픽 웃으며 하수란과 시선을 맞췄다.

"가르치려면 고생 좀 하겠어."

하수란이 얼굴을 찡그리더니 이내 힘이 빠진 얼굴로 철소화를 쳐다봤다.

"미안하구나."

"어…… 그러니까, 그게……."

말을 더듬던 철소화의 두 눈이 조금씩 초점을 찾아갔다.

그리고 또렷하게 사물이 분간되기 시작하는 순간, 어느새 표독스런 얼굴은 한 철소화가 차가운 음성을 내뱉었다.

"지금 신무문이 패천성을 배신했다는 말이죠?"

하수란은 할 말이 없는지 입을 닫았고, 하수란과 똑같은 얼굴을 한 여인이 대신 대꾸했다.

"패천성이 아니고 네 아버지지."

"우리 아버지가 성주거든!"

앙칼진 목소리로 쏘아붙인 철소화가 한 걸음 물러서며 다시 말했다.

"그리고 댁들은 또 날 납치해서 이용해 먹을 생각일 테고."

"잘 아는구나."

하수란과 똑같은 얼굴을 한 여인과 시선을 맞추던 철소화가 한순간 헤실거리며 웃음을 보였다.

"근데 이거 어쩌지? 난 그 놀이판에서 놀아 줄 생각이 없는데?"

"응?"

하수란과 똑같은 얼굴을 한 여인이 눈을 동그랗게 뜨는 순간 철소화가 뒤로 폴짝 뛰었다.

순식간에 아래로 꺼지듯 사라지는 철소화의 신형에 하유선이 비명을 질렀다.

"소화야!"

나부산 아래에 선 철무한이 감회가 새롭다는 얼굴을 했다.

"나부산이라……."

"거의 십 년 만인가요?"

혁련강의 말에 철무한이 고개를 끄덕였다.

"하 씨 할머니께서 돌아가셨을 때니까 그 정도쯤 되겠는데……."

철무한이 말끝을 흐리며 천천히 주위를 돌아봤다.

어렸을 때 자주 들렀던 곳이었기 때문일까?

익숙한 풍경에 저도 모르게 입가에 미소가 맴돌았다.

혁련강은 철무한을 물끄러미 쳐다보다가 뒤늦게 한 걸음 물러섰다.

혁련강의 기척을 느낀 철무한이 뒤를 돌아봤다.

"응? 왜 그래?"

혁련강이 나부산을 힐끔 올려다보며 대꾸했다.

"먼저 가서 신무문에 기별을 넣겠습니다."

"굳이 그럴 건……."

"아닙니다. 격식은 갖춰야지요."

그리고는 철무한이 더 말을 하기도 전에 후다닥 산을 올랐다.

임무일이 한 걸음 다가서며 철무한에게 말했다.

"어지간히도 챙기네."

"그러게."

혁련휘와의 비무 이후, 혁련세가가 완전히 돌아섰다.

철무한이 혁련휘를 상대로 백 초를 받아 낸 순간, 혁련휘가 검을 거두더니 전면 지지를 선언한 것이다.

"그 사슴 수련법인가 뭔가가 효과가 있긴 했나 봐."

임무일의 말에 철무한이 얼굴을 와락 일그러트렸다.

"효과는 개뿔! 진짜 죽을 뻔했는데!"

"어쨌건 혁련가가 돌아선 건 그 덕분 아니야? 그럼 효과가 있는 거지."

"아니라고! 죽도록 맞다 보니까 반응 속도만 빨라져 가지고 그런 거지!"

"그게 그거지. 그게 아니면 네가 무슨 수로 혁련가주님을 상대로 백 초나 받아 내겠어?"

그 말에 할 말을 잃은 철무한이 입을 닫았다. 그리고는 조금 시간이 지난 후에 고개를 절레절레 젓더니 나부산을 향해 턱짓을 했다.

"시끄럽고, 슬슬 올라가기나 하자."

철무한이 먼저 앞장서서 산을 올랐고, 잠시 얼굴을 찡그린 임무일이 고개를 돌려 일행을 돌아봤다.

"우리도 올라가자."

임무일의 말에 안은희와 고민우가 뒤를 따랐다.

아무리 무인이라지만 경공을 쓰지 않고 산을 오르는 것은 제법 시간을 잡아먹는 일이었다.

한 시진 정도 부지런히 걸음을 옮기자 제법 쌀쌀한 날씨에도 목덜미에 땀방울이 솟아나기 시작했다.

철무한이 목덜미의 땀을 닦아 내며 크게 숨을 내쉬었다.

"후우……."

그리고는 서서히 모습을 드러내기 시작한 신무문의 정문을 확인하고는 옷매무새를 가다듬었다.

준비를 마친 철무한이 뒤를 돌아봤다.

"가자."

여느 때와 달리 활짝 열린 신무문의 정문에는 무사들이 양쪽으로 도열해 있었다.

그리고 옷을 단정하게 차려입은 채 그 한가운데에 서 있던 노인이 철무한을 향해 고개를 숙였다.

"오셨습니까?"

"오 총관, 오랜만이야."

"건강해 보이셔서 다행입니다."

어느덧 머리에 눈이 새하얗게 내려앉은 듯 머리카락이 허옇게 센 오광의 말에 철무한이 픽 하며 웃음을 보였다.

"그건 내가 오 총관에게 할 말이고. 그보다 고모님은?"

"기다리고 계십니다. 따라오시지요."

오광의 안내를 받은 철무한이 대전에 이르자, 그곳에서 기다리고 있던 혁련강이 고개를 숙였다.

"오셨습니까?"

"그럴 것 없다니까."

철무한이 고개를 절레절레 젓고는 오광이 열어 준 문으로 발걸음을 옮겼다.

임무일에 이어 안은희, 고민우 그리고 혁련강까지 대전으로 들어서자 대전의 문이 소리 없이 닫혔다.

38 章.

참룡회귀록

斬龍回歸錄

38 章.

철무한이 성큼 걸음을 옮기며 높이 위치한 태사의에 앉아서 아래를 내려다보고 있는 하수란에게 다가갔다.

하수란과의 거리가 열 걸음 정도 남았을 때, 그 자리에 멈춘 철무한이 공손하게 양손을 모으며 고개를 숙였다.

"고모님을 뵙습니다."

뒤이어 나머지 아이들도 일제히 고개를 숙였다.

"신무문주님을 뵙습니다."

하수란이 고개를 끄덕였다.

"그래. 고개를 들거라."

"감사합니다."

철무한이 고개를 들며 하수란과 시선을 맞추더니 이내

주위를 휘휘 둘러봤다.

"근데…… 유선이는 안 보이는군요."

"일이 있어서 문 밖으로 내보냈다."

"벌써요? 후계자 수업을 시작하기에는 너무 빠른 것 아닙니까?"

"이제 혼자서 일을 처리할 나이도 되었지. 그보다 너는 어떠냐? 너는 수업을 착실히 받고 있는 것이냐?"

"그게…… 저도 그러고 싶지만 상황이……."

하수란의 질문에 철무한이 난감한 얼굴을 했다.

말끝을 흐리는 철무한을 보며 하수란이 픽 하고 웃음을 보였다.

"그래서 내게 도움을 구하러 온 것이고?"

철무한이 얼굴을 딱딱하게 굳히며 하수란과 시선을 맞췄다.

유독 새까만 빛을 발하는 하수란의 눈동자는 무슨 생각을 하는지 전혀 알 수가 없었다.

철무한이 그 속내를 떠보려 조심스럽게 질문을 했다.

"도와 달라 청하면 도와주시겠습니까?"

하수란은 아무런 말없이 철무한을 쳐다보기만 했다.

기 싸움이라도 하는 걸까?

기묘한 위압감 같은 것이 어려 있는 하수란의 눈동자에 대전이 고요히 가라앉았다.

그리고 철무한은 하수란이 내보이는 위압감에 밀리지 않으려 두 눈을 부릅떴다.

고요하게 눈을 맞추고 있는 둘을 쳐다보던 임무일이나 안은희 등은 숨조차 제대로 내쉬지 못했다.

한참이나 깊은 정적이 대전을 지배했다.

그리고 그 정적이 깨진 것은 철무한의 이마에서 주르륵 땀이 흘러내릴 때였다.

하수란의 깊은 한숨을 내뱉으며 입을 열었다.

"후우…… 성주님께서 젊었을 때의 모습을 보는 것 같구나."

하수란의 목소리에 철무한이 참았던 숨을 토해 냈다.

아무리 철무한이라도 하수란이 내보이는 위압감을 정면으로 받아 내기에는 조금 이른 감이 있었던 것이다.

"푸핫!"

그리고는 호흡을 고르며 조금 시간이 지난 후에 다시 하수란과 시선을 맞췄다.

"그렇습니까?"

하수란은 대답 없이 절레절레 고개를 젓기만 했다.

마음이 조급했던 철무한이 다시 입을 열었다.

"도와주시겠습니까?"

하수란이 다시 철무한을 쳐다봤다.

"무한아."

"예, 고모님."

"성주님께서 어떻게 패천성을 차지하셨는지는 너도 알고 있겠지?"

철무한이 고개를 끄덕였다.

"그렇습니다."

"그럼 네가 이 상황을 어떻게 타개해야 할지도 알고 있겠구나."

"그, 그건……."

철무한의 표정에 당황한 기색이 역력했다.

반면 하수란은 여전히 변화 없는 얼굴로 담담하게 말을 이었다.

"패천성은 홀로 차지하는 곳이다. 누군가의 도움을 얻어봐야 그게 오래가지는 못하지. 결국 또 지금 같은 꼴이 되고 말 것이다."

철무한이 얼굴을 찡그렸다.

"거절한다는 말을 그렇게 돌려서 하실 것 없습니다."

"그렇게 들렸느냐?"

"아닙니까?"

"맞다. 그러나 내가 한 말이 틀린 말은 아니지 않느냐? 패천성이 이 꼴이 된 것은 결국 성주님이 홀로 차지하는 데 실패했기 때문이다."

철무한이 한숨을 푹 내쉬었다.

"그래서 두고 보기만 하시겠다고요?"

하수란이 입을 다물었다.

아이들의 시선을 받으며 잠시 뜸을 들이는 듯 보이던 하수란이 한순간 불쑥 입을 열었다.

"네가 차지해 보거라."

"예?"

"네가 패천성을 차지해 보란 말이다."

철무한이 미간을 모았다.

"아버지와 꼭 닮았다고 하신 것이 고모님이셨습니다. 저라고 뭐 다르겠습니까?"

"왜 앞 말은 빼먹느냐? 성주님 젊었을 적 모습과 꼭 빼닮았다는 말 말이다."

"예?"

철무한이 또다시 의문을 보였다.

그러나 하수란은 볼일을 다 봤다는 얼굴로 고개를 저었다.

"그만 나가 보거라."

철무한은 답답하다는 얼굴을 했다. 그러나 집주인이 나가라는데 버티고 있을 뻔뻔함은 없었다.

철무한이 양손을 모으며 고개를 숙이려다가 무슨 생각이 들었는지 멈칫하며 다시 하수란과 시선을 맞췄다.

"혹시……."

"왜 그러느냐?"

"혹시 소화의 행방을 아십니까?"

하수란이 한숨을 푹 내쉬었다. 그리고는 걱정이 가득한 얼굴로 고개를 저었다.

"행적이 없더구나. 백방으로 찾고 있으니 곧 연락이 있을 것이다."

철무한의 예상대로 하수란은 자신들의 사정을 속속들이 알고 있었다.

다만 자신의 기대에 부응하지 못한 것이 한 가지 흠이었을 뿐이다.

철무한은 잠깐 얼굴을 찡그리다가 곧 다시 양손을 모았다.

"그럼 전……."

"잠시만."

철무한이 의문을 담은 눈으로 하수란을 쳐다봤다.

"더 하실 말씀이 있으십니까?"

"증재현에 그 아이들을 남겨 뒀다지?"

"그 아이들이라면……."

"무당과 제갈가의 아이들 말이다."

철무한이 두 눈을 동그랗게 뜨다가 이전과 같은 이유로 곧 수긍했다.

"그렇습니다. 그런데 그 친구들은 왜……."

"흑호대주가 집요한 면이 있다는 것은 너도 잘 알 것이다."

"설마……!"

하수란이 고개를 끄덕였다.

"어르신이 함께 계시지만, 아무리 어르신이라도 흑호대 전체를 상대하는 것은 무리일지도 모른다. 거기에 마 장로와 호 장로도 함께 있으니 더 어려움을 느낄 테고……."

철무한이 하수란이 말을 끝내기도 전에 다급한 얼굴로 고개를 숙였다.

"죄송하지만, 이만 가 봐야 하겠습니다."

"그리하거라."

철무한을 필두로 한 패천성의 아이들이 다급하게 대전을 빠져나갔다.

아이들이 대전을 나가는 모습을 물끄러미 쳐다보던 하수란이 문득 입을 열었다.

"그만 나오거라."

하수란의 말이 떨어지자 기둥 뒤에서 하유선이 힘없는 걸음걸이로 모습을 드러냈다.

하수란이 침울한 얼굴을 한 하유선에게 말했다.

"똑똑히 보았느냐? 이게 네가 한 일이다."

"어, 엄마……."

하유선의 목소리가 가늘게 떨려 나왔다.

그러나 하수란은 여전히 냉정한 얼굴에 차가운 음성이었다.

"꼭 기억해 둬야 할 것이다. 순간의 선택이 어떤 결과를 초래할 수 있는지. 네 선택으로 우리 하오문이 두 번 다시 밝은 곳으로 나올 수 없게 될지도 모른다는 것을……."

하유선이 입술을 꼭 깨물었다.

"그럴게요."

그 모습을 보고 고개를 끄덕이던 하수란은 딸이 생각을 충분히 정리했다고 여겨질 무렵 다시금 입을 열었다.

"이번 대전에는 나 혼자 가마. 너는 남아서 본문을 지키거라."

"예? 하지만……."

"그렇게 하거라. 일이 잘못되었을 경우도 대비해야 하니."

"일이 잘못되었을 경우라면……."

눈을 또르르 굴리던 하유선이 곧 얼굴을 찡그리고 말았다.

"그럴 일이…… 있을까요?"

이미 세가 기울었다고 생각했다.

철무한이 동분서주하고 있었지만 한번 기운 세를 뒤집기는 불가능하다 생각한 것이다.

그러나 하수란은 생각이 다른지 고개를 저었다.

"세상 일이 모두 마음먹은 대로 되면 얼마나 좋겠느냐?"

"예?"

하수란이 얼굴을 고치며 하유선과 시선을 맞췄다.

"내 말 잘 듣거라. 혹시 일이 잘못되면 본문을 버리거라. 신무문이란 이름을 버리고 예전처럼 다시 음지로 숨어들어서 숨을 죽이고 살아야 할 것이다."

"그, 그게 무슨……!"

"그럼 그 정도 각오도 없이 이런 짓을 한 것이냐! 내가 우리 하오문이 두 번 다시 양지로 나올 수도 없을지도 모른다는 말을 허투루 들은 것이야!"

하수란이 쉴 새 없이 몰아쳤다. 하유선이 완전히 당황한 얼굴을 했다.

"아니 그게, 그러니까……."

그러나 할 말을 마친 하수란은 피곤하다는 얼굴로 고개를 저었다.

"그만 나가 보거라."

"어, 엄마."

"그만 나가 보래도!"

하유선이 고개를 푹 숙이더니 예의 그 힘없는 걸음걸이

로 대전을 빠져나갔다.

하수란이 한숨을 푹 내쉬었다.

'어렵구나.'

사지가 꽁꽁 묶인 느낌이었다.

그들이 이끄는 대로 이리저리 끌려다닐 수밖에 없었다.

문을 맡은 이후 처음으로 느끼는 무력감에 하수란이 치를 떨며 주먹을 내리쳤다.

쾅!

태사의의 팔걸이가 산산이 부서져 나갔다.

분을 참지 못해 한참이나 씨근덕거리던 하수란은 곧 마음 한구석에서 불쑥 치솟아 오르는 불안감에 흠칫 몸을 떨었다.

'괴의가 나서는 일은 없어야 할 터인데…….'

명진이 들어서자 땀 냄새가 훅 하고 풍겨 왔다.

"왔나…… 응?"

막수광이 명진을 돌아보다 흠칫하며 미간을 좁혔다.

'상처가…….'

아직 한 달이 채 지나지 않았는데 벌에 쏘인 상처가 눈에 띄게 줄어 있었다. 정말이지 놀라운 성장세가 아닐 수 없었다.

명진이 막수광을 쳐다봤다.

"왜 그러십니까?"

"아닐세. 아무것도……."

고개를 젓는 막수광을 물끄러미 쳐다보던 명진이 이번에는 자신이 먼저 입을 열었다.

"그런데 무슨 일이라도 있는 겁니까? 다른 사람들이 안 보이던데."

"아, 그거? 아까 연아 때문에 한바탕했거든. 다들 진이 빠져서 쉬고 있을 걸세. 나도 마찬…… 응?"

말이 채 끝가지도 전, 명진이 불쑥 몸을 돌리더니 문으로 향하는 모습에 막수광이 얼른 그를 붙잡았다.

"자네 지금 어디 가나?"

"가 봐야지요."

"이미 잠잠해졌으니 그럴 것 없네. 그냥 쉬게 내버려 두게."

"제 눈으로 확인해 봐야겠습니다."

명진이 막수광의 팔을 뿌리쳤다.

단 한 번의 몸짓에 명진의 팔을 놓친 막수광이 눈을 동그랗게 떴다.

그러는 사이 어느새 방을 빠져나간 명진은 제갈연이 머물고 있는 곳으로 향했다.

명진이 제갈연의 방문을 조심스럽게 열어젖히자, 여전히

걱정스런 기색으로 제갈연을 돌보고 있는 이영화와 팔짱을 낀 채 제갈연을 물끄러미 내려다보고 있는 안희명을 확인할 수 있었다.

쌔근쌔근 잠이 든 제갈연은 생각보다 많이 초췌해져 있었다.

발그레하던 두 뺨은 푸르스름하게 보일 정도로 창백해져 있었고, 조금씩 굴곡을 드러내는 것이 예전과 같은 탱글탱글한 느낌은 쉬이 찾아볼 수 없었다.

명진이 안희명을 쳐다봤다.

"좀 어떻습니까?"

"다행히 가라앉았다."

안희명이 덤덤한 얼굴로 대꾸했다. 명진이 얼굴을 찡그리다가 이내 입을 열어 다른 것을 질문했다.

"대체 왜 이런 겁니까? 얼마 전까지만 해도 이 정도는 아니었는데……."

상태가 급격하게 나빠졌다.

어쩌다 한 번씩 발작을 일으키던 것이 혁련가를 나선 이후부터는 하루도 빼먹지 않고 한두 번씩은 꼬박꼬박 발작을 일으켰다. 그 탓에 몸이 급격하게 쇠약해진 것이다.

안희명이 미간을 좁혔다.

"아무래도 마음의 문제 같구나."

"마음의 문제요?"

명진이 안희명과 비슷하게 미간을 좁혔다. 그리고는 다시 제갈연을 내려다봤다.

그때 제갈연이 무언가 웅얼거리듯이 자그마하게 목소리를 냈다.

"모……."

이영화가 제대로 듣지 못해 제갈연에게 귀를 가져다 댔다.

"뭐라고?"

반면 제갈연에게 집중하고 있던 안희명은 대번에 의미를 알아채곤 고개를 끄덕였다.

"그 녀석을 찾는구나."

명진이 안희명과 제갈연을 번갈아 쳐다보며 난감한 얼굴을 했다. 그리고는 이내 저답지 않게 한숨을 푹 내쉬었다.

안희명이 명진을 힐끔 돌아보며 다시 말했다.

"정신이 불안정하면 자연히 신체 또한 불안정해지는 법이지. 그 녀석이 옆에 있던 것만으로도 이 아이에게는 많은 의지가 되었던 모양이구나."

"어떻게 해야 합니까?"

"방법은 너도 알지 않느냐? 빨리 괴의를 찾는 수밖에."

명진이 입을 다물었다. 뜻처럼 쉬이 해결할 수 없는 문제였기 때문이다.

명진이 얼굴을 찡그리자 안희명이 고개를 저었다.

"너무 그럴 것 없다. 쉽게 무너지진 않을 것 같으니까. 어떤 놈인지는 모르겠다만 균형을 잘 잡아 뒀어."

빈말이 아니었다. 균형이 절묘하게 잡혀 쉽게 무너지지는 않을 것처럼 보였다. 제법 실력 있는 자의 솜씨라 생각했다.

그러나 그것은 명진의 관심 대상이 아니었다.

"정말 괴의가 어디 있는지 모르십니까?"

안희명이 고개를 저었다.

"그걸 알았다면 내가 지금까지 너희들과 함께할 일은 없었을 테지."

결국 철무한을 기다리라는 말이었다.

밀려드는 답답함에 입을 다문 채 제갈연을 물끄러미 내려다보는 명진.

그 때, 여태껏 두 사람의 대화를 듣고만 있던 이영화가 입을 열었다.

"그만 가서 쉬어. 여긴 내가 보고 있을 테니까."

"하지만……."

"거기 그러고 있다 한들 달라질 것은 없어. 오히려 방해되기만 하지. 여긴 내가 보고 있다가 무슨 일 생기면 바로 말해 줄 테니까, 일단은 좀 쉬어 둬. 씻기도 좀 하고."

안희명이 명진의 어깨를 툭 쳤다.

"저 말이 맞다. 일단 나가자. 그편이 저 아이가 더 편하게 쉴 수 있을 게다."

안희명은 그 말을 끝으로 명진의 대꾸도 듣지 않은 채 휘적휘적 걸음을 옮겼고, 망설이는 얼굴을 하던 명진이 이내 그의 뒤를 따랐다.

안희명과 명진이 제갈연의 방에서 나설 때, 박강진이 두 사람에게로 다가왔다.

"어르신."

"응? 왜 그러나?"

"문제가 좀 생겼습니다."

"문제?"

안희명이 고개를 갸웃거리며 관심을 보였다. 딱딱한 얼굴을 하고 있는 명진 역시 고개를 살짝 돌렸다.

박강진이 곤란하다는 얼굴을 했다.

"흑호대가 따라붙은 것 같습니다."

"흑호대가?"

"그렇습니다."

박강진이 고개를 끄덕이자 안희명이 얼굴을 와락 구겼다.

"이 빌어먹을 놈의 자식이 겁대가리도 없이!"

처음에는 그러려니 했지만 같은 상황이 반복되자 자신이 완전히 무시당했단 생각이 든 것이다.

번잡한 것이 싫어 세상사에 관심을 끊으려던 안희명으로서도 참기가 어려웠다.

"어디냐! 내 이놈을 당장!"

안희명이 눈을 희번덕거리며 소리를 높였다. 당장이라도 찾아가 썰어 버리고 싶은 생각이 가득했다. 깊은 곳에 고요하게 잠들어 있던 본성이 꿈틀하며 고개를 치켜들었다.

그러나 박강진은 일단은 안희명을 말려야 했다.

"당장은 참으셔야 합니다. 어찌되었거나 우리가 불리한 상황이니까요."

"불리하긴 뭐가 불리하단 말이냐? 내가 그 어린놈들조차 감당하지 못할 거라 여긴 것은 아니겠지?"

"그게 아니라……."

박강진이 난처한 얼굴로 제갈연의 방을 힐끔거렸다.

여차하면 어렵지 않게 몸을 뺄 수 있는 안희명으로서는 큰 문제가 없겠지만, 자신들은 곤란한 상황에 처할 확률이 높았기 때문이다.

박강진의 의도를 알아챈 안희명이 얼굴을 찡그렸다.

"그럼 왜 내게 말을 한 것이냐? 입 다물고 있을 것이지."

"일단은 알고 계시는 게 좋을 것 같아서요."

그 말에 후 하고 한숨을 내쉰 안희명이 고개를 절레절레 젓더니 못마땅하다는 얼굴로 고개를 끄덕였다.

"알겠다."

그리고는 다시 걸음을 옮기려고 하는데 박강진이 다시 안희명을 붙잡았다.

"어르신."

"더 남았느냐?"

박강진이 대꾸 대신 명진을 쳐다봤다.

"자네는 가서 좀 쉬게."

명진이 눈을 조금 크게 떴다.

"예?"

"어르신께 드릴 말씀이 있네. 자네는 먼저 가서 좀 쉬어."

"하지만……."

명진이 납득이 가지 않는다는 얼굴을 했다. 박강진이 냉정하게 고개를 저었다.

"내가 어르신께 말씀드리려는 것은 패천성의 일일세. 자네가 들어서 좋을 게 없어."

명진이 얼굴을 찡그렸다. 그러나 이내 살짝 고개를 숙이더니 멀어져 갔다.

그 뒷모습을 물끄러미 쳐다보던 안희명이 박강진을 쳐다봤다.

"무슨 일인가? 저 아이까지 물릴 만큼 사안이 중한 것인가?"

"그게……."

박강진이 잠시 망설이는가 싶더니 곧 마음을 정한 얼굴로 입을 열었다.

"그 녀석의 흔적이 신무문으로 향했습니다."

"그 녀석? 혹…… 모용기?"

"그렇습니다."

안희명이 고개를 갸웃거렸다.

"그게 문제가 되나? 그거야 정보를 얻으려고……."

말을 하던 안희명이 얼굴을 찌푸렸다.

"아니지. 신무문이 하오문인 것을 그 녀석이 어떻게 알고?"

잠깐 고민을 해 봤지만 감이 잡히지 않는 일이었다.

안희명이 다시 박강진을 쳐다봤다.

"어찌된 일인가?"

"저도 잘 모르겠습니다. 하지만 한 가지는 확실합니다. 나부산을 오르는 것은 보았는데 내려오는 것을 목격한 사람은 없습니다. 나부산에서 흔적이 끊겼습니다."

"다른 길로 내려갔을 가능성은 없고?"

"물론 그럴 수도 있습니다. 그런데……."

박강진이 조금 뜸을 들이며 말했다. 한껏 달아오른 안희명이 박강진에게 한걸음 다가섰다.

박강진이 희미하게 웃더니 다시 입을 열었다.

"얼마 전에 신무문에서 소란이 인 것을 본 사람이 있습니다. 그 녀석이 나부산에 오른 바로 그날입니다."

"으음……."

안희명이 신음성을 흘리며 탐스럽게 자란 수염을 쓰다듬었다. 한참이나 수염을 쓰다듬으며 미간을 좁히고 있던 안희명이 다시 박강진을 쳐다봤다.

"아무래도 신무문에서 무슨 문제가 생긴 모양이로군. 그러나 그리 걱정할 건 없네. 쉽게 잡히지는 않을 놈이니까."

"그렇습니까?"

"그래. 강호를 다 뒤져 봐도 그놈을 잡을 수 있는 놈은 얼마 되지 않을 걸세. 그러니 걱정할 것 없네. 그보다…… 아무래도 소화와 관련된 일이겠지?"

"그렇겠지요."

"일단 기다려 보세. 무한이 녀석이 돌아오면 상황이 좀 더 명확하게 보일 테니까. 그동안은 경거망동하지 말게. 괜히 개방이 들쑤시고 다니면 신무문이 바로 눈치 챌 테니까."

박강진이 당황한 얼굴을 했다.

"아, 아니 그게……."

"그럴 것 없어. 개방이 아니고서야 신무문의 일을 속속들이 알 수 있는 곳은 없을 테니까."

안희명이 박강진의 어깨를 툭 치고 지나갔다.

"아이들에게 말하지 않은 것은 잘한 일일세. 일단 상황을 좀 지켜보세."

그리고 오래지 않아 신무문으로 향했던 철무한 일행이 헐레벌떡 숨을 몰아쉬며 증재현으로 돌아왔다.

객잔으로 들어서서 안희명과 명진 등을 확인한 철무한 등은 그제야 안도의 한숨을 내쉴 수 있었다.

"다행이다. 아무 일도 없어서……."

사영명이 당장이라도 증재현으로 달리려는 것을 호삼곡과 마장도가 겨우겨우 뜯어말렸다.

호삼곡이 한숨을 쉬며 술잔을 들었다.

"진짜 못할 짓이군. 저 빌어먹을 자식 뒤치다꺼리나 해야 한다는 게……."

"할 수 없지 않나? 그렇다고 내버려 둘 수도 없는 노릇이니……."

지난 번 응담에서의 일로 관에서 독이 바짝 올랐다. 백이 넘는 인원이 도시에서 칼질을 했던 탓이다.

다만 패천성의 행사인 것을 뻔히 알고 있기에 모른 척해주고 있는 것이다.

그러니 당분간은 숨을 죽이고 있는 것이 좋았다. 선불리 움직였다가는 이전의 일까지 더해서 한꺼번에 돌아올 것이다.

호삼곡이 술잔에 가득 찬 술을 단숨에 들이켜고는 마장도를 쳐다봤다.

"그런데, 그 자식들이 누군지는 아직도 모르는 건가?"

"쉽지가 않아. 성의 정보망은 여전히 성주의 세가 강해서 섣불리 움직이기가 어렵고, 신무문은……."

신무문을 언급하던 마장도가 미간을 좁혔다. 호삼곡이 고개를 갸웃거렸다.

"왜? 무슨 문제라도 있나?"

"아무래도 그런 것 같아. 신무문이라면 그 녀석들이 누군지 벌써 알아냈을 터인데 여전히 기다리라고만 하더군."

"흐음……."

호삼곡이 입을 닫으며 머리를 굴렸다. 그러나 쉬이 답이 나오지 않자 쉬운 길부터 떠올랐다.

"차라리 성으로 돌아가는 것이 어떻겠나? 어차피 곧 대전이 시작될 터라 소공자도 돌아올 수밖에 없을 것인데."

"나도 그러고 싶지만……."

마장도가 말끝을 흐리며 술에 취해 곯아떨어진 사영명의 방을 힐끔거렸다.

"가자고 한다고 갈 놈도 아니고, 그렇다고 사고 치게 내버려 둘 순 없는 노릇 아닌가? 그랬다간 대장로가 난리가 날 테니까."

호삼곡이 끙 하고 앓는 소리를 냈다.

그리고는 쓰린 속을 달래려 다시 술잔을 들어 올리는데, 수하 하나가 조심스럽게 다가오더니 고개를 숙였다.

호삼곡보다 마장도가 먼저 반응했다.

"무슨 일이냐?"

"손님이 왔습니다."

"손님? 누군데?"

호삼곡이 고개를 갸웃거리는 사이, 향긋한 냄새가 훅 하고 들이치더니 나이가 곱게 든 중년 여인 하나가 모습을 드러냈다.

여인이 곱게 웃으며 고개를 숙였다.

"처음 뵙겠습니다. 신무문의 윤주연입니다."

하유선이 유모라 불렀던 바로 그 여인이었다.

하문으로 들어서는 철무한의 얼굴이 무거웠다.

'얻은 것은 많지 않은 반면 잃은 것은 너무 크구나.'

혁련가의 지지를 끌어낸 것이나 신응교의 중립을 이끈 것은 분명 축하할 만한 성과였다.

그러나 신무문을 감싸지 못한 것은 앞의 두 성과를 쓸모

없는 것으로 만들기에 충분했다.

게다가 철소화의 행방을 알아내지 못한 것은 그 무엇과도 비교할 수 없을 정도로 큰 타격이었다.

저도 모르게 깊은 한숨을 내쉬던 철무한은 이내 고개를 저었다.

'이럴 때가 아니고 일단 수습부터 해야…….'

철무한이 안희명을 돌아봤다.

"저는 일단 성으로 가야 할 것 같습니다. 같이 가시겠습니까?"

안희명은 고개를 저었다.

"내가 성으로 가면 신응교주와 신응교에 부담이 되겠지."

안희명에 있어서는 패천성보다 제 아들과 신응교가 우선이었다.

그 사실에 조금 섭섭함을 느낀 철무한이 얼굴을 찡그렸으나 이내 얼굴을 펴며 고개를 끄덕였다.

"그렇게 하십시오. 그럼 다른 사람들은……."

"주형이나 민우는 그렇다 쳐도 다른 사람들은 우리 집으로 데려갈게."

철무한이 임무일을 쳐다봤다.

"너희 집으로?"

"어쩔 수 없잖아. 가뜩이나 눈에 불을 켜고 덤비는데

애들까지 데려가면 얼씨구나 좋다고 할걸?"

임무일이 명진과 제갈연을 향해 눈짓하자, 그 숨은 저의를 알아챈 철무한이 쓰게 웃었다.

"그렇긴 하지."

정상적인 상황이라면 모를까, 지금처럼 불안정한 상황 아래 정무맹의 아이들이 패천성에서 목격되는 것은 좋을 것이 하나도 없었다.

"그럼 잘 부탁한다."

"걱정 말라고."

고개를 끄덕이던 임무일이 한순간 미간을 좁히며 혁련강을 쳐다봤다.

그의 시선을 느낀 혁련강의 표정에도 의문이 자리했다.

"왜?"

"너도 무한이 따라가나 싶어서."

혁련강이 픽 하고 웃었다.

"우리 아버지가 이것저것 따지는 성격이 아니거든."

그 말을 끝으로 혁련강은 철무한의 뒤를 따라 발걸음을 옮겼다. 임무일이 끙 하고 앓는 소리를 내다가 이내 안희명을 돌아봤다.

"우리도 가죠."

안희명이 고개를 끄덕였다.

임무일은 걸음을 옮겨 마차 밖으로 고개만 쏙 내밀고 있는 제갈연에게로 다가서며 보조를 맞췄다.

"오늘은 몸이 좀 가벼운가 봐?"

"덕분에요."

"내가 한 게 뭐가 있다고."

임무일이 고개를 절레절레 저었지만, 제갈연이 그의 도움을 받았던 것은 사실이었다.

이동 간에 돈이 필요할 때는 만금장의 이름을 마구마구 팔았던 것이다.

"아니에요. 임 공자 덕분에 정말 편안하게 왔어요. 임 공자가 아니었으면 몇 배는 더 힘들었을 거예요."

"내 덕이 아니고, 그거 다 빚이야. 잊지 마."

제갈연이 소리 없이 웃음을 보였다.

반면 만금장이 가까워질수록 임무일의 얼굴은 점차 어두워졌다.

'아버지한테 엄청 깨지겠는데…….'

지금쯤이면 빚쟁이들이 죄다 만금장으로 달려가고도 남았을 시간이었다.

철전 한 닢에도 손을 벌벌 떠는 자신의 아버지였으니, 어쩌면 뒷목을 잡고 쓰러졌을지도 모를 일이다.

그리고 그의 예상은 정확히 들어맞았다.

머리를 싸매고 드러누워 있던 임한상이 몽둥이를 들고 자리를 박찼다.

"무일이 이놈의 시키!"

비대한 몸집을 자랑하는 임무일과 다르게 임한상은 호리호리한 체구였다. 임한상을 물끄러미 쳐다보던 안희명이 고개를 끄덕였다.

"성취가 제법 있었나 보군."

"보잘것없는 성취입니다."

"그럴 것 없어. 자네 아버지도 자네만큼 살을 빼지는 못했으니까."

감탄을 하는 안희명을 두고 임한상이 쑥스럽다는 듯이 어색하게 미소를 흘렸다. 그러나 정담을 나누기에는 상황이 좋지 못했다.

임한상이 어색하게 흘리던 미소를 지우며 입을 열었다.

"어떻게 된 겁니까?"

"뭐가 말인가?"

"어르신 말입니다. 어르신께서 무한이와 함께 행동한다는 것은……."

안희명이 고개를 저었다.

"넘겨짚지 말게. 난 교의 일과는 상관이 없어. 교의 일은 교주가 해야지."

"하지만 무한이와 함께 움직이셨습니다. 말하기 좋아하는 이들은 신응교가 성주에게 기울었다고 생각할 것입니다."

"그들이 생각하는 것까지 내가 어떻게 할 수 있겠나? 우리만 아니면 그만이지."

"아무도 믿지 않을 겁니다."

임한상의 말에 안희명이 픽 웃음을 흘렸다.

"믿지 않으면 믿게 만들면 돼. 쓸데없는 걱정은 접어 두고…… 자네는 확실히 성주의 편에 선 건가?"

"어쩔 수 없지 않습니까? 괴의가 무서우니까요."

"자네는 괴의를 봤지? 그러면 그럴 수도 있지. 하지만 괴의가 움직이지 않을 수도 있지 않나?"

"움직입니다."

"흐음……."

안희명이 입을 닫고 수염을 쓰다듬었다. 그리고는 무언가 고민하는 얼굴을 하더니 한참 후에야 다시 입을 열었다.

"확실히 괴의가 소화를 무척이나 아끼긴 했었지. 제 어미를 꼭 빼닮았다면서 말이야."

"그렇습니다. 소화가 없어진 것을 알게 된다면 괴의가 가만있지 않을 것입니다."

"하지만 모를 수도 있지."

"당장은 몰라도 언젠가는 알게 됩니다. 시간이 문제일 뿐.

그때 할 말이라도 있으려면 성주를 도와야 하지 않겠습니까?"

안희명이 임한상과 문득 시선을 맞췄다.

"자네는 멀리 보는군."

"그게 상인의 자세가 아니겠습니까?"

"굳이 상인이 아니라도……."

일문을 이끌어 가는 수장으로서는 돌다리도 두드려 보고 지나가는 게 바람직한 자세였다.

기회가 되면 안호석을 데려다 놓고 배우라 하고 싶었다.

안희명이 천천히 고개를 끄덕이는데, 그때 박강진이 안희명을 찾는 목소리가 들여왔다.

"어르신."

"들어오게."

안희명의 말에 박강진이 조심스러운 몸짓으로 임한상의 집무실로 들어섰다.

박강진은 우선 집주인에게 다가가 고개를 숙였다.

"만금장주를 뵙습니다."

"되었네. 일단 거기 앉게."

"감사합니다."

박강진이 여전히 조심스러운 몸짓으로 자리를 잡았다. 임한상이 안희명을 쳐다봤다.

"이 친구입니까?"

"그렇네."

안희명은 가볍게 고개를 끄덕이고는 박강진에게로 시선을 돌렸다.

"좀 알아봤나?"

"그렇습니다. 어르신 말씀대로 누군가가 호 장로 측에 접촉을 했더군요. 아무래도 흑호대주가 움직이지 않은 이유는 그것과 관련된 듯싶습니다."

선불 맞은 멧돼지처럼 이것저것 가리지 않고 마구잡이로 들이박는 녀석이 잠잠해서 이상하다 생각했었다. 그래서 조사를 해 보라 부탁한 것인데 자신의 예상이 적중한 것이다.

"그래. 그게 누군가?"

"그게 아무래도…… 신무문 같습니다."

"신무문?"

담담한 얼굴로 고개를 끄덕이는 안희명과는 달리 임한상이 화들짝 놀란 얼굴을 했다.

"확실한가? 정말 신무문이야?"

"그런 것 같습니다. 호 장로와 접촉한 사람이 신무문으로 향하는 것을 본 이가 있습니다. 나부산에 자리 잡은 다른 세력이 있다면 모를까, 그게 아니면 신무문이 확실할 겁니다."

"이, 이런! 신무문까지 이러면……."

완전히 당황한 얼굴을 하는 임한상과는 다르게 안희명은 여전히 담담한 얼굴로 박강진에게 다시 질문했다.

"무슨 일인지는 모르고?"

"거기까지는……."

곤란하다는 얼굴을 하는 박강진을 두고 이번에는 임한상에게로 화살을 돌렸다.

"이번 대전에 신무문에서는 누가 온다던가?"

"신무문에서요? 신무문주가 직접 온다고 들었습니다."

"신무문주가? 다른 이는 없고?"

"다른 이 말씀이십니까? 몇몇 장로들이 참여한다고……."

눈알을 데굴데굴 굴리며 무언가를 떠올리던 임한상이 이내 얼굴을 와락 구겼다.

"그렇군요. 제 딸은 두고 오는군요."

담담한 얼굴을 유지하던 안희명도 이번에는 참지 못하겠는지 쯧 하고 혀를 찼다.

"신무문주가 작정을 했군. 곤란하게 됐어."

신무문의 이탈은 패천성주 입장에서 그 무엇과도 비교할 수 없을 정도로 큰 타격이다.

전력만 두고 보면 패천성을 떠받치는 열한 개의 기둥 중에서 최하위를 벗어나지 못했지만, 패천성의 눈과 귀를 담당하는 것이 신무문이었기 때문이다.

임한상이 자리에서 벌떡 일어섰다.

"죄송하지만 먼저 일어서겠습니다."

"천중문주를 만나러 가는 건가?"

"그렇겠습니다."

"알겠네."

임한상이 조급함이 묻어나는 몸짓으로 급하게 집무실을 빠져나갔다.

임한상의 기척이 완전히 사라지자, 안희명이 그제야 다시 박강진을 쳐다봤다.

"그 아이들은 좀 찾아봤나?"

"여전히 흔적이 없습니다. 그렇다고 신무문에 쳐들어갈 수는 없는 노릇이라……."

"개방은 신무문의 짓이라 확신하는가 보군."

"다른 세력이 있다면 모를까, 그게 아니고는 이렇게 흔적이 없을 수는 없으니까요. 그 녀석이 다른 길로 산을 내려왔다 해도 이미 스무 날이 넘었습니다. 어디에서든 소식이 들려왔을 겁니다."

안희명이 고개를 끄덕였다. 그리고는 잠시 무언가를 생각하는지 입을 다물었다.

기묘한 긴장감에 입이 바짝바짝 마르던 박강진이 침을 꼴깍 삼키는 순간, 안희명이 눈을 반짝였다.

"부탁 하나 하세."

"부탁이라니요. 당치도 않습니다."

안희명이 소리 없이 웃었다.

"개방 역시 만금장 못지않게 셈이 확실한 걸로 아는데, 여기가 패천성의 영역이라서 그러는 겐가?"

"그런 것도 있고…… 그 녀석 문제는 우리에게도 중요하니까요."

안희명이 고개를 끄덕였다.

"그럼 내 편하게 말하겠네. 소문을 내 주게."

"소문이라면……."

"소화가 사라졌다고 떠들썩하게 소문을 내 주게."

박강진이 안희명과 비슷하게 눈을 빛냈다.

"괴의를 끌어낼 생각이십니까?"

"끌어낸다기보다는 어차피 알게 될 거 조금이라도 일찍 알게 되는 게 나을 것 같아서 그런 것이지."

박강진이 고개를 끄덕였다.

"알겠습니다. 그럼 전 일어나 보겠습니다."

박강진이 고개를 숙이더니 집무실을 빠져나갔다.

그 뒷모습을 물끄러미 쳐다보던 안희명은 조금 시간이 지난 후에 깊은 한숨을 토해 냈다.

"이게 잘하는 짓인지 모르겠군."

❖ ❖ ❖

"무한이는 어쩌고 있나?"

"성주를 뵈려다가 제지당하고 부인의 사당으로 향했습니다."

채윤의 말에 철위강이 픽 하며 웃음을 흘렸다.

"성주가 여전히 정상이 아닌 모양이야. 제 딸이 사라진 것을 뻔히 알 텐데 무한이 녀석 붙잡고 성질도 못 내는 것을 보면."

"그렇습니다. 심어 놓은 녀석들의 말에 따르면, 여전히 안색이 파리한 게 정상이 아니라고 했습니다."

"그럴 수밖에. 그 비싼 독을 그만큼이나 처먹였는데 정상인 게 더 이상할 노릇이지. 그보다 그 녀석들은 어쩌고 있나?"

"만금장에 콕 처박혀 있습니다."

대충 말해도 대번에 알아듣고 원하는 답을 들려주는 채윤은 마치 입속의 혀 같은 존재였다.

간혹 실수를 저지르기도 했지만 아직까지도 버리지 못한 것은 그와 같은 이유 때문이었다.

"잘 감시해. 그것들은 반드시 이기는 패가 될 테니까."

"알겠습니다. 개미 새끼 한 마리 빠져나가지 못하도록 철저히 감시하겠습니다."

"그래. 그렇게 해. 그리고…… 신무문주에게 연락이 왔다면서?"

"예. 조만간 하문에 도착하면 한번 뵙자고 하더군요."

"신무문주가 몸이 후끈 달아올랐나 봐?"

"그렇습니다. 신무문주가 보낸 사람을 만났을 때, 예전처럼 뻣뻣한 태도는 눈을 씻고 찾아봐도 없었습니다. 대장로님께 바짝 엎드리기로 작정한 것이 눈에 보였습니다."

"그럴 테지. 개목걸이 하나 제대로 채워 뒀는데 예전처럼 으르렁댈 수 있을 리가 없지."

철위강이 만족스럽다는 얼굴로 고개를 끄덕였다. 그러다가 무슨 생각이 들었는지 다시 채윤을 쳐다보며 입을 열었다.

"참, 소화는 어떻게 됐나?"

"잘 보관하고 있다며 걱정하지 말라 했습니다."

"우리가 건네받을 방법은 없고?"

"그, 그것은……."

채윤이 난처하다는 얼굴을 했다. 자신 역시 같은 생각이었던 터라 그들에게 자신의 생각을 넌지시 내비쳤지만 돌아온 것은 차디찬 거절이었기 때문이다.

철위강이 난처한 얼굴을 하는 채윤을 보며 아쉽다는 듯이 입맛을 다셨다. 그러나 이내 고개를 저어 그러한 생각을 털어 냈다.

"됐어. 우리가 이용할 수 있으면 충분한 거니까. 그보다 준비 철저히 하도록 해. 평천대전까지는 이제 열흘 남았다. 그날 모든 걸 뒤바꾸려면 실수가 있어서는 아니 될 것이야."

"명심하겠습니다."

채윤이 깊숙하게 허리를 숙였다.

시간이 빠르게 흘러갔다.

패천성으로 돌아온 지 얼마 지나지 않은 것 같은데 벌써 평천대전이 코앞이었다.

평천대전에 참여하려는 각파의 무인들, 그리고 그 가족들, 구경이나 하려고 몰려든 인파가 비교적 잠잠했던 하문을 시끌벅적하게 만들었다.

빽빽이 들어찬 사람들을 이리저리 피해 다니며 패천성에 도착한 고민우는 곧장 철무한의 거처로 향했다.

고민우가 들어서자 정주형이 조금은 다급해 보이는 얼굴로 질문했다.

"어떻게 됐어?"

그러나 정주형의 기대에 부응해 줄 수가 없었던 고민우는 힘없이 고개를 내저으며 입을 열었다.

"거절이지, 뭐."

"혹시…… 와룡장도?"

고민우가 힘없이 고개를 끄덕였다.

고민우의 등장과 함께 엉덩이를 들썩이던 정주형이 다시금 의자에 깊숙이 몸을 파묻었다.

힘이 쭉 빠진 듯이 보이는 정주형을 물끄러미 쳐다보던 임무일이 얼굴을 찡그렸다.

"그냥 만나 보기만 하자는 건데 그것도 거절한 거야? 무한이 요청인데?"

고민우는 여전히 고개만 저을 뿐이었다.

"거, 되게 비싸게 구네."

얼굴이 울긋불긋한 임무일이 못마땅하다는 얼굴로 투덜거리다가 덤덤한 얼굴로 차를 홀짝이는 혁련강을 쳐다봤다.

"이건 뭐가 이렇게 태평해? 넌 뭐 할 말 없어?"

"내가 뭘 말해야 해?"

"그걸 지금 말이라고…… 넌 걱정도 안 돼? 이러다가 대장로가 다 먹을 판인데……."

혁련강이 탁 하고 찻잔을 내려놨다. 그리고는 임무일과 시선을 맞추며 입을 열었다.

"우리 아버지 말씀이 다 때려잡으면 된다고 하셨다."

"뭐?"

임무일이 황당하다는 얼굴을 했다. 그리고는 한동안 눈만 깜빡거리더니 조금 시간이 지난 후에 다시 말했다.

"그러다가 못 때려잡아서 대장로가 진짜 다 먹으면?"

"그럼 할 수 없는 거고."

"할 수 없긴 뭐가 할 수 없어? 그렇게 되지 않도록 막아야 할 거 아냐? 대장로가 다 먹으면 혁련가가 멀쩡할 것 같아? 다 빼앗기고 길거리에 나앉고 말걸?"

그러나 혁련강은 여전히 덤덤한 얼굴이었다.

"그럼 새 집 찾으면 되는 거고."

"이 자식이 진짜!"

임무일이 눈썹을 꿈틀했다. 고민우가 손을 들어 임무일을 말렸다.

"그만둬. 우리끼리 싸워서 어쩌자고."

"그럼 이걸 그냥 내버려 둬? 이 자식 말하는 게……."

"그만두라니까."

고민우가 얼굴을 찡그리며 임무일의 말을 끊고는 정주형을 돌아봤다.

"근데 공자님은 어디 가셨어?"

"성주님한테."

"또?"

정주형이 고개를 끄덕였다.

고민우가 한숨을 푹 내쉬었다. 너무하다는 생각이 들었기 때문이다.

"벌써 여드레가 지났는데……."

그 기간 동안 하루도 빼먹지 않고 꼬박꼬박 철자강의 거처를 찾았던 철무한이었다. 그러나 철자강은 끝내 얼굴을 보여 주지 않았던 것이다.

임무일이 기회라는 듯이 끼어들었다.

"그러게 말이야. 성주님은 대체 무슨 생각인지 모르겠어. 아버지 말 들어 보니까 중요한 일은 보고를 받는 것 같던데……."

고민우가 임무일을 쳐다봤다.

"소화 아가씨가 납치된 것도 아시겠지?"

"당연하지. 모르긴 몰라도 소화가 납치되자마자 바로 보고받으셨을걸?"

고민우가 머리가 아픈지 관자놀이를 꾹꾹 눌렀다. 그리고는 조금 시간이 지난 후에 자리에서 벌떡 일어섰다.

정주형이 고민우를 쳐다봤다.

"왜?"

"공자님한테 가 보려고."

"공자님한테?"

정주형이 눈을 또르르 굴리다가 고민우를 따라 자리에서 일어섰다.

"같이 가자."

"그럴래?"

정주형이 대답 대신 임무일과 혁련강을 돌아봤다.

"너희들은?"

임무일은 귀찮다는 듯이 고개를 저었고 혁련강은 자리에서 벌떡 일어섰다.

정주형이 고개를 끄덕였다.

"가자."

그러나 정주형은 방문을 열지도 못하고 그 자리에 멈춰서야 했다. 철무한이 불쑥 방문을 열고 들어왔기 때문이다.

"어? 왜 일어나 있어?"

"공자님 찾아가려고 했죠?"

"날?"

정주형의 대꾸에 철무한이 픽 웃음을 흘렸다.

"쓸데없는 짓은. 근데 희진이는 안 보인다? 걔 요즘 뭐 하고 다녀? 얼굴 보기가 힘들던데."

"조 소저는……."

정주형이 철무한의 거처 내에 자리한 후원 쪽을 힐끔거렸다. 철무한의 개인연공실이 있는 곳이었다.

철무한이 미간을 좁혔다.

"진짜 지치지도 않는가 보네. 수련할 게 뭐 그리 많다고."

"그거야 소화가 납치된 걸 제 탓으로 아니까. 걔가 모용기

녀석 따라간다고 난리치던 거 말리려고 진땀 뺐던 일 기억 안 나?"

임무일의 말에 철무한이 쩝 하고 입맛을 다셨다. 그러나 이내 고개를 저으며 주의를 환기시켰다.

"됐고. 마침 잘됐다. 일어나. 다 같이 바람이나 쐬러 가자."

"바람?"

임무일이 미간을 좁혔다.

"설마 그 바람이 그 바람은 아니겠지?"

"아냐, 자식아. 답답해서 그러니까 얼른 일어나."

연홍루로 들어서던 철무한이 얼굴을 찡그렸다.

모처럼 찾은 연홍루는 여느 때와 다르게 북적거렸기 때문이다.

가격이 제법 나가는 터라 어지간히 돈이 있는 사람이 아니면 찾지 않아서 평소에는 한산한 편이었는데, 평천대전 덕에 많은 이들이 하문을 찾다 보니 연홍루로도 사람이 몰려든 것이다.

철무한이 얼굴을 찡그린 채 그 자리에서 잠시 서성거리는 동안 어느새 연락을 받았는지 곱게 차려입은 루주 아진이 철무한 일행을 맞이했다.

"오랜만에 오셨습니다."

화려한 것과는 거리가 먼, 단정하지만 조금은 소박해 보이는 중년 여인의 포근한 인상에 철무한의 얼굴이 저도 모르게 부드럽게 풀렸다.

"내가 어디 좀 다녀와서. 그런데 사람이 많네?"

"오층으로 모시겠습니다."

"거긴 자리가 있나?"

아진은 대답 없이 웃기만 했다. 임무일이 철무한을 툭 치며 대신 대꾸했다.

"오층은 많이 비싸잖아. 거기까지 올라갈 사람들은 별로 없을걸?"

임무일이 아진을 쳐다봤다.

"안내해 줘요."

"알겠습니다."

아진이 하늘거리는 걸음걸이로 앞장섰다. 그 뒷모습을 물끄러미 쳐다보며 걸음을 옮기던 철무한이 문득 입을 열었다.

"아진 루주는 진짜 곱다니까."

임무일이 픽 하며 웃었다.

"왜? 관심이 가?"

"그런 건 아니고. 나도 가릴 건 가린다고. 욕먹을 짓은 안 해."

"얼씨구? 그런 놈이 남자가 있는 여자는 왜 건드려? 향향이 었나? 걔 건드려서 서상이 아직도 이를 갈고 있다고. 모르긴 몰라도 해남이 대장로한테 붙은 건 네 몫도 분명 있을걸?"

"지나간 일은 왜 또 들쑤셔?"

"내가 없는 말을 한 것도 아니잖아? 내 말이 틀려?"

철무한이 얼굴을 찡그렸다. 그러나 이내 한숨을 푹 내쉬고 말았다.

"나도 몰랐다고. 알았으면 안 그랬지. 향향이 고년이 나쁜 년이라고."

"몰랐으면 다야? 그런다고 있었던 일이……."

임무일이 마구잡이로 몰아붙이는 그때, 누군가의 손이 뻗어 나와 그의 입을 틀어막았다. 정주형이었다.

"그만해. 공자님도 몰랐다잖아. 그리고 지금 와서 다시 들쑤셔서 뭐 하게? 네 말대로 그런다고 있었던 일이 없었던 일로 되는 것도 아니잖아."

임무일이 못마땅하다는 얼굴로 입술을 삐죽거렸다. 그러나 더 말을 하지 않고 입을 다물었다.

그러는 사이 어느새 오층에 도착한 철무한이 주위를 휘휘 둘러봤다.

"여긴 한산하네."

한산하다는 말로도 부족했다. 고급스럽게 꾸며져 있었지만 넓은 공간에 사람 하나 없어 휑하게 보였다.

“이리로 오시지요.”

아진의 안내를 받은 일행이 제법 넓어 보이는 탁자 하나를 차지하자 아진이 다시 입을 열었다.

“늘 올리던 것으로 준비하면 될까요?”

철무한이 고개를 끄덕였다.

“그렇게 해 줘.”

“알겠습니다.”

아진이 고개를 숙이더니 예의 그 하늘거리는 걸음걸이로 멀어져 갔다.

주변에 사람이 없어지자 고민우가 여태껏 아꼈던 말을 쏟아 냈다.

“공자님.”

“왜?”

“성주님은 보셨습니까?”

철무한이 고개를 저었다.

“아니.”

“그럼 따로 알아보신 건…….”

“안 그래도 상청각을 이리저리 쑤시고 다녔는데, 아버지가 무슨 말을 한 것인지 다들 입을 다물기 바쁘더라고. 어쩔 수가 없었어.”

고민우가 얼굴을 찡그렸다.

“어렵군요. 이럴 때 성주님이 중심을 잡아 주시면 상황이 조금은 나을 텐데."

"내 말이. 대체 무슨 생각을 하고 계시는지 알 수가 없으니."

철무한이 답답하다는 얼굴을 했다. 실제로도 가장 답답한 것은 철무한 자신이었다.

그러나 철무한은 고개를 저었다.

"됐고. 오늘은 그냥 먹고 마시자. 골치 아픈 생각은 내일부터 하고 오늘은 아무 생각 없이 먹고 마시자고."

지난 두어 달간 제대로 쉬지 못하고 분주하게 움직이기만 했었다. 철무한 자신도 자신이지만 고민우나 정주형 등도 지친 것이 눈에 보였다. 골치 아픈 일이 산적해 있어도 하루 정도는 풀어 주는 것이 좋다 여긴 것이다.

임무일이 눈치를 보며 말했다.

"그럼…… 술도?"

"무일이 이 자식! 지금 이 상황에 술이 넘어가? 아가씨가 어떻게 됐는지도 모르는데!"

정주형이 눈을 부라렸다. 철무한이 손을 들었다.

"됐어. 오늘은 그냥 먹고 마시자."

"하지만 아가씨가……."

"괜찮다. 그 녀석이 따라갔으니까 소화도 괜찮을 거야."

고민우가 철무한을 쳐다봤다.

"모용기를 믿으십니까?"

"믿어야지. 그 녀석이 아니었다면 강이가 날 따라나설

일도 없었을 테니까."

철무한이 혁련강을 힐끔 쳐다봤다. 고민우는 무언가 망설이는 얼굴을 하다가 결국 입을 다물고 말았다.

혁련강은 여전히 의문이 풀리지 않는 얼굴이었지만, 누군가 계단을 오르는 소리에 그 역시 입을 다물 수밖에 없었다.

그리고 조금 시간이 지난 후에 아진이 다시 모습을 드러냈다.

"무슨 일이지?"

철무한의 질문에 아진이 조금 곤란하다는 얼굴을 했다.

"손님이 오셨는데……."

말끝을 흐리는 아진을 보며 철무한이 의아하다는 얼굴을 했다.

"그럼 받으면 될 거 아냐? 우리가 전체를 빌린 것도 아니고."

"그게……."

그 순간 계단을 오르는 발걸음 소리가 다시 울려 퍼졌다. 아진 혼자 오를 때보다 조금 더 소란스러운 것이 여러 명이 한꺼번에 오르는 것 같았다.

철무한이 저도 모르게 고개를 돌리자, 대장로 철위강의 아들 철성한이 모습을 드러냈다.

임무일이 저도 모르게 입을 벌렸다.

"어?"

참룡
회귀록
斬龍回歸錄

39 章.

철무한은 말이 없었다.

철성한 역시 입을 다문 채 철무한을 물끄러미 쳐다보다가 이내 몸을 돌렸다.

철성한을 따르던 아이들 역시 마찬가지였다.

여전히 앙금이 남은, 철무한을 노려보는 서상 정도를 제외하고는 다들 철무한의 눈길을 피하며 철성한을 따랐다.

"와룡장, 태안검파, 신녀문, 광주 공가, 해남파."

혁련강이 철성한의 뒤를 따르는 아이들의 출신을 하나씩 짚었다.

그리고는 날카롭게 눈매를 좁히며 으르렁거렸다.

"네놈들은 소성주를 뵙고도 예의를 갖추지 않는 건가?"

갑자기 날을 세우는 혁련강을 보며 임무일이 헙 하고 입을 닫았다.

이런 건 정주형이 전문이라 그쪽만 신경 쓰고 있었는데, 의외로 혁련강이 먼저 나서자 당황한 것이다.

"야, 넌 또 왜 그래?"

"왜 그러긴 뭘 왜 그래야? 저 자식들이 처맞을 짓을 하니까 그런 거지."

정주형이 히죽 웃으며 혁련강에게 동조했다. 평소라면 먼저 말리고 나섰을 고민우도 못마땅하다는 눈으로 철성한 등을 노려봤다.

철무한이 고개를 저었다.

"됐어. 그만둬. 기분 좋게 놀려고 온 자린데 괜히 날 세우지 말고."

그러나 이미 고삐가 풀린 혁련강이 자리에서 벌떡 일어섰다. 그리고는 물끄러미 쳐다보고 있는 철성한 등을 보고 소리를 높였다.

"공자님께 예를 갖추라는 말 안 들려?"

혁련강과 시선을 맞추던 철성한이 살짝 눈을 찡그렸다. 그러나 이내 얼굴을 딱딱하게 굳힌 채 철무한을 쳐다보며 걸음을 옮겼다.

한때는 철무한 못지않은 재능이라며 기대를 모았던 철성한이다. 혁련강이 조금은 긴장한 얼굴로 검병을 잡아 갔다.

그러나 철성한은 오로지 철무한만 쳐다봤다.

그리고 이윽고 철무한의 앞에 선 철성한이 갑자기 손을 들어 탁자를 내리쳤다.

쾅!

"어?"

"너 이 새끼!"

정주형과 고민우, 임무일이 자리에서 벌떡 일어섰다.

그러나 차갑게 쏘아보는 철성한의 눈길에 움찔하며 함부로 움직이지는 못했다.

그리고 그것은 혁련강 역시 마찬가지였다.

철성한이 여전히 감정이 없어 보이는 얼굴로 탁자에서 손을 뗐다.

탁자에는 그의 손자국이 선명하게 남아 있었다.

"으음……."

그리 두껍지 않아 가볍게 내리쳐도 박살이 날 것처럼 보이는 탁자에 선명하게 남은 손자국을 보고 혁련강이 저도 모르게 신음을 흘렸다.

철 씨 가문의 성명절기인 단목수가 경지에 이른 것이다.

철성한이 다시 철무한과 시선을 맞췄다.

그리고는 픽 하고 웃음을 흘렸다.

"이거면 되나?"

같은 피를 물려받았다는 것을 증명이라도 하듯 둘의 얼굴은 어딘가 닮아 있었다. 그러나 하는 행동은 전혀 달랐다.

날을 세우는 철성한과는 다르게 철무한은 의외라는 얼굴로 그가 남긴 손자국을 요리조리 뜯어보기에 바빴다.

"와…… 너 많이 늘었네? 벌써 이게 된다고? 툭 치면 박살 날 것처럼 생긴 탁자에 손자국만 남기는 게?"

의외의 반응에 철성한이 미간을 좁혔으나, 철무한은 히죽 웃으며 시선을 맞출 뿐이었다.

"너 수련 열심히 한 것 알았으니까 이제 그만 가 보는 게 어때?"

"너……."

"아, 맞다. 이거 이대로 내버려 두면 루주한테 미안한데."

손자국이 남은 탁자를 보며 눈을 굴리는 철무한의 모습에 아진이 얼른 나서며 만류했다.

"괜찮습니다. 신경 쓰지 않으셔도……."

"그건 아니지. 우리가 하루 이틀 본 사이도 아니고 앞으로도 계속 볼 텐데 찜찜한 건 남기지 않는 게 좋아."

철무한이 손을 휘휘 젓더니 한순간 무슨 생각이 들었는지 손가락을 딱 하고 튕겼다.

"아! 그러면 되겠네."

아진이 고개를 갸웃거렸다.

"네? 뭘……."

쉭!

철무한의 손에서 섬광이 터져 나왔다. 아진이 뒤늦게 상황을 눈치 채고 당황한 얼굴을 했을 때는 이미 철무한의 도가 철컥 하는 소리를 내며 제자리를 찾아가고 있었다.

"어디 보자."

철무한이 탁자에 손을 뻗어 얇은 목판을 들어내자 철성한이 남긴 손자국은 흔적도 찾아볼 수 없었다.

"어머!"

아진이 눈을 동그랗게 떴다. 정주형도 마찬가지였다.

"어? 공자님, 이거……."

"와…… 깔끔하게 벗겼네."

임무일이 매끈하게 한 꺼풀 벗겨 낸 탁자를 쓰다듬으며 감탄을 내뱉었다.

그러나 철무한은 무언가 마음에 들지 않는다는 얼굴로 고개를 모로 기울였다.

"으음, 이거……."

"왜…… 무슨 문제라도……."

조심스럽게 말하는 고민우를 쳐다보며 철무한이 여전히 내키지 않는다는 얼굴을 했다.

"색이 다르잖아. 이거 아무래도 칠이 되어 있었던 것 같은데……."

철무한이 철성한을 쳐다봤다.

"나머지는 네가 처리해."

철무한이 남긴 흔적을 보고 얼굴을 딱딱하게 굳히고 있던 철성한이 움찔하며 시선을 돌렸다.

"뭐…… 뭐?"

"네가 하라고. 그럼 이대로 내버려 둘 거야? 칠을 해야 할 거 아냐?"

"그걸 나보고 하라고?"

"당연하지. 네가 한 짓 아냐? 너 아니면 누가 해?"

철성한의 얼굴이 조금씩 일그러졌다. 아진이 얼른 끼어들어 둘을 떼어 놓으려 했다.

"괜찮습니다. 더는 신경 쓰지 않으셔도……."

"아냐, 아냐. 기왕 칼을 뽑은 거 깔끔하게 정리하는 게 좋지. 안 그래?"

철성한의 얼굴에 조금씩 미소가 덧씌워지는 듯싶더니 이내 눈동자가 조금씩 번들거리며 살기를 내비쳤다.

"그래. 깔끔한 게 좋지."

그리고는 예고도 없이 주먹을 뻗으려 움찔거리는 찰나.

쉬!

턱!

자신의 목울대에서 느껴지는 차가운 감각에 철성한이 몸을 딱딱하게 굳혔다.

"너……!"

어느새 자신의 목에 닿아 있는 구룡도와 철무한을 번갈아 쳐다보던 철성한의 눈빛에 놀라움이 자리한 것은 순식간이었다.

그런 철성한을 바라보던 철무한이 픽 하고 웃음을 흘렸다.

"까불지 말고."

그리고는 차가운 눈으로 나직하게 목소리를 냈다.

"칠해. 죽을 생각이 아니면."

철무한이 뿜어내는 기묘한 위압감에 장내가 고요하게 가라앉았다.

철성한을 따르던 아이들은 말할 것도 없었고, 정주형 등도 침만 꼴깍꼴깍 삼키며 숨을 죽였다.

철무한이 주위를 휙 둘러보더니 철성한에게 향했던 도를 거둬들였다.

철컥!

정적을 깨는 쇠붙이 소리에 화들짝 놀라던 아진은 철무한의 눈동자가 자신을 향하자 헙 하고 숨을 들이켰다.

철무한이 어깨를 들썩였다.

"루주한테는 미안한데, 아무래도 다른 곳을 찾아야겠어. 짜증이 좀 나서."

"그, 그러시지요."

"음식값은 쟤한테 받고."

철무한이 턱짓으로 철성한을 가리켰다.

"그, 그러시지 않으셔도……."

"받아."

그 말을 끝으로 철무한이 걸음을 옮기기 시작했다. 정주형이 얼른 철무한의 뒤를 따르다 계단을 내려가기 전에 멈칫하는 철무한을 보고 의문을 표했다.

"왜 또…… 아니, 무슨 일로 그러십니까?"

철무한의 시선이 다시금 철성한을 향했다. 그리고는 장난기가 가득한 얼굴로 입을 열었다.

"칠하고 가. 나중에 확인한다."

임무일이 앞서 나가는 철무한의 곁으로 냉큼 따라붙었다.

"어떻게 된 거야?"

"뭐가?"

"무공 말이야, 무공. 네가 어떻게……."

철무한이 눈살을 찌푸리며 임무일을 돌아봤다. 몰라서 묻냐는 듯한 얼굴이었다.

"어떻게는 뭐가 어떻게야? 맨날 그 짓을 하면서 살려고 발악하다 보니까 칼 쓰는 것만 빨라진 거지."

"그건 아는데, 혁련가주님 상대할 때만 해도 이 정도는 아니었던 것 같아서 말이지. 그새 무공이 또 늘은 거야?"

철무한이 고개를 저었다.

"아냐. 그때나 지금이나 그대로야."

"지금 그걸 믿으라고? 아예 움직임이 다르던데?"

"맞다니까. 다만……."

"다만?"

"상대가 달랐던 거야. 숙부님께 이런 짓을 했다가는 잘못 맞으면 골로 가겠더라고. 이게 아직 제어가 잘 안 돼서 빈틈이 꽤 많거든."

"빈틈? 그 정도 속도면 빈틈이고 뭐고 의미 없는 거 아냐?"

"그랬으면 명진한테 처맞을 일도 없었겠지."

철무한이 얼굴을 찡그리며 대꾸했다. 그런 철무한을 한참이나 쳐다보며 눈만 깜빡거리던 임무일이 이내 무슨 생각이 들었는지 미간을 좁히며 소리를 냈다.

"으음…… 그럼 그게 진짜 효과가 있단 말인데."

임무일의 중얼거림을 들은 철무한이 힐끔 임무일을 쳐다보다가 이내 미묘한 얼굴로 그의 옆구리를 콕콕 찔렀다.

"당연하지. 이게 생각보다 효과가 있다니까?"

"그건 나도 알아. 너 보니까 딱 알겠더라고."

"그래서 말인데, 너도 한번 해 볼래?"

"나도?"

"그래. 너도 무공 욕심 있잖아? 얼른 쑥쑥 커야 할 거 아니야? 그러니까……."

그러나 철무한이 채 말을 끝내기도 전, 임무일은 냉정하게 고개를 저었다.

"안 해."

철무한이 미간을 좁혔다. 그러나 냉큼 얼굴을 풀며 다시 권유했다.

"아니, 그렇게 냉정하게 거절할 일이 아니고……."

"됐어, 자식아. 이게 어디서 약을 팔아? 내가 미쳤어? 난 제정신으로 그딴 짓 안 해."

임무일이 눈을 흘기자 철무한이 끙 하고 앓는 소리를 냈다. 그러나 이내 다음 목표로 눈길을 돌렸다. 철무한의 눈길을 받은 고민우와 정주형이 움찔 몸을 떨었다.

"너희들은?"

"안 해요. 안 합니다. 저는 이대로도 충분하다고요."

정주형이 급하게 손을 내저었고, 고민우는 슬며시 눈길을 피했다.

철무한이 아쉽다는 얼굴로 입맛을 다시는데, 혁련강이 눈을 빛내며 철무한을 쳐다봤다.

"제가 해도 되겠습니까?"

"네가?"

"예. 제가 한번 해 보고 싶습니다."

진지한 얼굴을 한 혁련강을 쳐다보며 철무한이 반색을 했다.

"당연히 되지. 잘 생각했어. 이게 생각보다 효과가 좋더라고."

반면에 정주형은 당황한 얼굴을 했다.

"너 미쳤어? 이게 뭔 줄 알……."

그러나 옆구리를 콕콕 찌르는 임무일의 손길에 얼굴을 구기며 시선을 돌렸다.

"왜?"

"자기가 하고 싶다는데 왜 말리고 난리야? 하고 싶은 건 하게 내버려 두는 게 맞아."

"그걸 지금 말이라고……."

그러나 정주형은 끝까지 말을 이을 수가 없었다. 기대에 가득 찬 얼굴로 손가락을 꼼지락거리는 임무일을 보며 느끼는 것이 있었기 때문이다.

조용히 입을 다문 채 쳐다보고만 있는 고민우까지 확인한 정주형이 비로소 헤실거리는 얼굴로 고개를 끄덕였다.

"맞아. 이게 효과가 좋아. 한번 해 볼 만할걸?"

정주형의 가벼운 태도에 혁련강이 얼굴을 찌푸리다가 이내 표정을 고치며 철무한을 쳐다봤다.

"그럼 제가 해도 되는 겁니까?"

"그렇다니까. 언제부터 할까?"

"저야 빠르면 빠를수록 좋습니다."

"그럼 당장 시작할까?"

"당장이요? 그러기엔 준비가…… 으헛!"

쉭 하고 날아드는 철무한의 구룡도에 혁련강이 기겁을 하며 고개를 젖혔다.

아슬아슬하게 코끝을 스쳐 지나가는 시커먼 도신에 식은 땀이 주르륵 흐르며 등골이 서늘해졌다.

혁련강이 당황한 얼굴로 철무한을 쳐다봤다.

"이, 이게 무슨……!"

말없이 웃기만 하는 철무한 대신 임무일이 고개를 갸웃거리며 소리를 냈다.

"힘을 좀 뺐네?"

"당연하지. 제대로 하면 쟤 진짜 죽어. 일단 조금씩…… 어?"

입을 열던 철무한이 한순간 당황한 얼굴을 했다. 악동 같은 미소를 지으며 품속으로 손을 집어넣는 정주형을 확인했기 때문이다.

"주형이 이 자식! 독은 쓰지 말라고! 여기 있는 사람들 다 죽일 셈이야?"

어김없이 벌집을 찾아 나섰던 명진이 해가 진 이후에야

만금장으로 들어섰다.

예전과는 달리 더 이상 벌에 쏘이는 일이 없는지 말끔한 행색이었다. 그러나 명진은 무언가 마음에 들지 않는다는 듯 조금은 딱딱한 얼굴이었다.

'열 마리 정도 죽었나?'

날개가 꺾인 채 땅바닥에서 꿈틀거리던 말벌 열 마리가 마음에 남은 것이다.

'아직 멀었어.'

처음 정무맹을 나설 때에 비하면 많이 늘긴 했지만 아직은 내력의 수발이 부족하다 생각했다. 상황이 급해지면 의도하지 않은 내력이 아직도 불쑥불쑥 치솟고는 했기 때문이다. 바닥을 뒹구는 몇 마리의 벌이 바로 제멋대로 움직이는 내력의 흔적이었다.

'어렵군.'

잡힐 듯 잡힐 듯하면서 쉽게 도달할 수 없는 영역이었다. 아무리 정신을 집중해도 부지불식간에 치솟는 한 줄기 내력은 제어가 되지 않았기 때문이다.

"후우……."

명진이 깊은 한숨을 내쉬며 걸음을 옮겼다.

그러나 자신의 거처 앞에서 멍하니 어두운 하늘을 쳐다보고 있는 제갈연을 확인하고는 얼른 낯빛을 고친 뒤 그녀에게로 다가갔다.

"왜 나와 있어?"

"어?"

제갈연이 눈을 동그랗게 뜨고 뒤를 돌아봤다. 그러나 익숙한 얼굴에 초승달처럼 눈매가 휘어졌다. 많이 야위기는 했지만 여전히 예쁘다는 생각이 들었다.

명진이 가만히 고개를 젓고는 다시 입을 열었다.

"왜 나와 있어? 날도 추운데."

"맨날 방에만 있다 보니까 조금 답답해서요."

명진이 고개를 끄덕였다. 그럴 만도 하다는 생각이 들었기 때문이다.

"이렇게 잠깐이라도 나와서 바람이라도 쐬면 그나마 살 만하더라고요."

제갈연이 다시 시선을 돌리며 하늘에 떠 있는 별을 쳐다봤다. 그 모습을 물끄러미 쳐다보던 명진이 한순간 눈빛을 반짝였다.

"기다려."

"예?"

제갈연이 시선을 돌렸을 때는 명진의 흔적을 찾을 수가 없었다. 그러나 눈 한 번 깜빡할 시간도 주지 않은 채 다시 모습을 드러낸 그는 어디서 구해 왔는지 제갈연에게 장포를 내밀었다.

"입어."

“어? 이러시지 않으셔도…….”

“입어.”

명진이 직접 제갈연에게 장포를 걸쳐 줬다. 어색한 얼굴로 장포를 걸친 제갈연이 이내 살포시 웃으며 옷깃을 여몄다.

“고마워요.”

명진은 말없이 제갈연의 옆에 서더니 그녀가 그랬던 것처럼 어두컴컴한 하늘을 쳐다봤다. 이전과는 반대로 명진을 쳐다보던 제갈연이 문득 질문했다.

“무슨 생각해요?”

“무공.”

제갈연이 풋 하고 웃음을 터트렸다.

명진이 의아하다는 얼굴로 제갈연을 돌아봤다.

“왜 웃어?”

“아니에요. 그냥 명진 도장답다 싶어서요.”

“그런가?”

“그래요.”

명진은 살짝 고개를 끄덕이더니 다시 고개를 돌려 버렸다. 그 모습을 보고 제갈연은 고개를 절레절레 저었다. 함께한 지 제법 많은 시간이 지났지만 명진만큼은 여전히 어려웠기 때문이다.

제갈연이 다시 하늘을 쳐다봤다. 사위를 분간할 수 없을 정도로 어두컴컴한 밤하늘에 몇몇 별들이 보석같이 반짝거렸다.

마지막이라도 되듯이 제갈연이 그 모습을 하염없이 두 눈에 담고 있을 때, 명진이 불쑥 말했다.

"걱정할 것 없어."

"예?"

명진이 눈을 동그랗게 뜨고 자신을 쳐다보는 제갈연과 시선을 맞췄다.

"그 녀석은 돌아온다. 돌아와서 널 고칠 거니까."

제갈연이 웃음을 보였다.

"그렇겠죠?"

"물론. 그러니까 너도……."

그러나 명진은 끝까지 말을 잇지 못했다.

고요한 밤하늘을 가득 메우는 쩌렁쩌렁한 목소리.

"누구냐!"

명진이 날카롭게 눈매를 좁히며 검을 뽑았다.

막수광이 도를 뽑은 채 뛰쳐나왔다.

"무슨 일이냐?"

한발 늦게 모여든 장혁진과 이영화까지 확인한 명진이 이영화에게 질문했다.

"강진 아저씨는요?"

"볼일이 있다고 나갔어."

고개를 끄덕인 명진이 막수광을 쳐다봤다.

"제가 가 보겠습니다."

그리고는 대답도 듣지 않고 휙 하고 몸을 날렸다.

막수광이 얼굴을 찌푸리다가 이내 고개를 휘적휘적 저으며 제갈연을 쳐다봤다.

"너는 들어가 있거라."

"그럴까요?"

"그래. 아주머니가 좀 돌봐 주시고요."

"알겠네. 우리는 들어가자꾸나."

이영화가 제갈연을 이끌고 안으로 들어가자 장혁진이 불안한 얼굴로 막수광을 쳐다봤다.

"형님, 이거 아무래도 골치 아픈 일에 엮인 것만 같은데요."

막수광이 어깨를 들썩이더니 제갈연이 들어간 방문 앞에 턱하니 주저앉았다.

"형님."

"어쩔 수 없지 않나? 그 녀석과 약속했으니까."

장혁진이 얼굴을 찡그렸다. 그러나 곧 한숨을 내쉬더니 막수광의 옆에 털썩 주저앉았다.

"에라, 모르겠수다. 나 죽으면 다 형님 책임이요."

막수광이 픽 하며 웃음을 흘렸다.

"안 죽는다."

"나도 그럴 줄 알았는데, 이게 좀 돌아다녀 보니까 꼭 그런 것만도 아니더라고요. 눈먼 칼, 눈먼 칼 말로만 들을 때는 내 일이 아니라서 무덤덤했는데, 직접 겪어 보니까 심장이

오그라드는 게……."

막수광이 고개를 저으며 장혁진의 말을 끊었다.

"그만해라."

"형님."

"그만하래도."

장혁진이 얼굴을 찡그리다가 그래도 포기하기는 싫은지 눈치를 보며 다시 입을 열었다.

"형님, 꼭 그렇게만 생각할 게 아니고…… 어차피 그놈 애비, 애미도 죽였지 않습니까? 그 정도면 그놈도 형님이 느꼈을 고통을 고스란히 느꼈을 텐데 이쯤에서 그만하고 고향으로…… 어?"

말을 하던 장혁진이 미간에서 피를 주르륵 흘렸다.

"혁진아!"

"어? 형님…… 그러니까 그게……."

눈만 깜빡거리던 장혁진의 고개가 한순간 툭 떨어졌다.

막수광이 다급한 얼굴로 손을 뻗으며 고개를 들이밀었다.

"혁진아!"

그 순간 무언가가 작은 바람 소리를 내더니 막수광의 귀를 스쳐 지나갔다. 귀를 기울이지 않으면 알아채지 못할 정도로 미세한 소리였다.

막수광이 쓰러진 장혁진과 암기가 날아온 방향을 번갈아

가며 쳐다보다가 이내 자리에서 벌떡 일어섰다.

"어떤 놈이!"

막수광의 분노에 찬 고함 소리가 쩌렁쩌렁하게 퍼져 나갔다.

잠시 뒤 어둠 속에서 마장도가 먼저 모습을 드러냈고, 호삼곡이 한 손에 들린 무언가로 절그럭거리는 소리를 내며 뒤를 따랐다.

"귀찮게…… 그냥 곱게 뒈질 것이지."

막수광의 두 눈에 핏발이 섰다.

"너냐?"

"보면 몰라? 나 말고 또 누가…… 으헉!"

호삼곡이 기겁을 하며 고개를 숙였다.

콰악!

벽면에 길게 남은 도기의 흔적.

막수광이 뽑아낸 선명한 도기를 호삼곡이 믿을 수 없다는 눈으로 쳐다봤다.

"네, 네놈이 어떻게……."

막수광이 뿌득 이를 갈았다.

"죽인다!"

순식간에 거리를 좁히는 막수광을 보며 호삼곡이 급하게 숨을 들이켰다.

"으헉!"

마장도가 다급한 얼굴로 버럭 소리를 질렀다.

"뭐 해! 죽여!"

마장도의 말이 떨어지기가 무섭게 수십 개의 인영이 불쑥 튀어나오며 담장을 넘었다.

"이보게!"

바쁘게 걸음을 옮기던 명진이 익숙한 목소리에 고개를 틀었다.

어둠 속에서 명진을 알아본 박강진이 손을 흔들었다.

"날세. 박강진."

순간 땅을 툭 하고 찍으며 휙 사라진 명진이 코앞에 불쑥 모습을 드러내자 박강진이 몸을 움찔 떨었다.

"어떻게 된 겁니까?"

"어…… 어? 그게……."

박강진이 휘휘 고개를 젓더니 이내 입을 열었다.

"그놈들일세. 전에 그놈들."

"그…… 놈들이요?"

"왜 그 미친놈 있잖나? 흑호대주."

명진이 얼떨떨한 얼굴을 했다.

"그놈들이 왜……."

"왜긴 왜겠나? 대장로 측엔 기회가 되니까 그런 거지. 자네들을 잡으면 철무한이 정무맹과 내통했다는 증거를 만들 수 있지 않은가?"

명진이 눈을 동그랗게 떴다.

"내통이라니요? 그런 적은……."

"그게 중요한 게 아니야. 저들이 그렇게 본다는 게 중요한 거지. 대체 어디서 정보가 샌 건지……."

박강진이 쯧 하고 혀를 찼다.

명진이 와락 얼굴을 구겼다.

"젠장!"

박강진이 급하게 명진의 팔을 낚아챘다.

"어딜 가려고?"

명진이 소란스러운 소리가 들려오는 곳을 힐끔거렸다.

"가 봐야지요."

박강진이 고개를 저었다.

"그쪽이 아니야."

"예?"

"일단 일행을 데리고 빠져나가세. 그래야 해."

"하지만 어르신과 만금장은……."

"우리만 없으면 그쪽은 어떻게든 피해 갈 걸세. 그러니까 일단은……."

그 순간 만금장의 정문 쪽에서 쾅 하고 폭음이 터져 나왔다.

명진이 다급한 얼굴로 박강진을 돌아봤다.

"먼저 가시지요. 전 일단 상황을 보고……."

"안 된다니까. 혹 우리가 잡히기라도 한다면 그게 더 어르신과 만금장에 곤란한 일이 될 걸세. 그러니 일단 피하세. 우리가 사라져야 해."

명진이 망설이는 얼굴을 하다가 어쩔 수 없다는 표정으로 한숨을 내쉬었다.

박강진이 고개를 끄덕였다.

"잘 생각했네. 얼른 가세."

박강진이 명진의 팔을 잡아끌었고, 명진은 힘없이 그에게 끌려갔다.

그리고 왔던 길을 되짚어 제갈연의 거처로 근접하는 순간.

비릿한 혈향에 명진이 움찔 몸을 떨었다.

명진이 박강진의 팔을 뿌리치고 땅을 쿡 찍었다.

"어? 자네……!"

박강진이 당황한 얼굴로 명진을 불렀다. 명진은 들은 척도 하지 않고 한 동작으로 담을 넘었다.

그리고 바닥을 딛는 순간 시야에 들어온 처참한 광경에 명진의 얼굴에서 핏기가 가셨다.

피투성이가 된 채 꿈틀거리는 막수광을 돌보던 이영화가 원망스럽다는 얼굴로 명진을 돌아봤다.

"왜 이제 와? 좀 더 빨리 오지."

❖ ❖ ❖

일각도 되지 않는 짧은 시간.

끊임없이 들려오던 비명 소리가 점점 잦아들었다. 무기와 무기가 부딪히는 쇳소리는 자취를 감춘 지 한참이었다.

불안한 얼굴로 자신을 부둥켜안고 있는 이영화를 물끄러미 쳐다보던 제갈연이 무언가 결심한 얼굴로 이영화를 밀어냈다.

"왜?"

"아무래도 나가 봐야겠어요."

"얘가 지금…… 네가 나가서 뭘 어쩌겠다고?"

"그렇다고 멍하니 있다가 죽을 수는 없는 거잖아요."

제갈연이 자리에서 벌떡 일어서더니 모처럼 자신의 검을 뽑아 들었다. 꽤나 오랜만이라 이질적인 느낌이 들었지만 그것도 잠시였다. 오래지 않아 익숙한 느낌이 찾아오며 편안한 기분이 들었다.

이영화가 여전히 불안한 얼굴을 감추지 못하고 제갈연을 쳐다봤다.

"어쩌려고?"

"모르겠어요. 그래도 일단 나가 보려고요."

"그, 그러지 말고……."

제갈연이 고개를 저었다. 그리고 검 끝으로 침상 아래를 가리켰다.

"일단 아주머니는 숨어 계세요."

이영화가 얼굴을 찡그렸다.

"나만 살라고? 차라리 나도 같이……."

재걸연이 고개를 저었다.

"한 명이라도 살아야죠. 그래야 뒷일을 기약할 수 있어요."

"그럼 차라리 내가……."

"아무래도 저나 명진 도장을 노리는 것 같아요. 아주머니가 나서셔도 소용이 없을 거예요."

위기의 순간 제갈연의 머리가 제 기능을 하기 시작했다. 한동안 무언가 안개라도 낀 것처럼 뿌연 느낌이었는데, 모처럼 명확하게 상황이 보이기 시작한 것이다.

"어서 숨으세요. 전 빨리 나가 봐야겠어요. 이러다가 막 씨 아저씨, 장 씨 아저씨 큰일 나겠어요."

"연아야……."

제갈연은 더 이상 이영화에게 시선을 주지 않았다. 그리고는 담담한 얼굴로 문을 밀쳤다.

그 순간, 훅 들이치는 비릿한 혈향.

제갈연이 얼굴을 찡그리다가 패천성의 무사들에게 둘러싸여 바닥에서 꿈틀거리고 있는 막수광을 보며 당황한 얼굴을 했다.

"아저씨!"

그러나 막수광은 꿈틀거리기만 할 뿐 대꾸를 하지 못했다. 장혁진은 그조차도 없이 바닥을 뒹굴고 있었다.

제갈연이 망연자실한 얼굴을 하는데 호삼곡이 눈앞을 가리려는 핏물을 슥 닦아 내며 앞으로 나섰다.

“네가 제갈가의 아이였더냐?”

제갈연이 아랫입술을 꽉 깨물며 고개를 끄덕였다.

“그래요.”

“진작 나섰으면 좋았을 것 아니냐? 그랬으면 이런 일도 없었을 테지.”

호삼곡이 무사들을 돌아보며 제갈연을 향해 턱짓했다.

“잡아.”

그러나 제갈연이 먼저였다.

제갈연이 패천성의 무사들이 움직이기도 전에 제 목에 제 검을 들이댔다.

호삼곡이 미간을 좁혔다.

“무슨 의미지?”

“내 발로 가겠어요.”

호삼곡이 픽 하며 웃음을 흘렸다.

“꼴에…… 일단 이것부터 치우고…….”

호삼곡이 막수광에게 다가서려 하자 제갈연이 검을 좀 더 가까이 목에 가져다 댔다. 살짝 스치기라도 한 것이지 핏방울이 또르르 흘러내렸다.

"뭐 하자는 거지?"

"보면 몰라요?"

"어차피 죽을 녀석, 고통이라도 덜어 주는 게 나을 텐데?"

"그래도 당신들 손에 맡기지는 않아요."

호삼곡이 얼굴을 찡그렸다.

"진짜 죽고 싶어? 내가 못 할 것 같아?"

호삼곡이 으르렁거리며 날을 세웠다. 그 순간 마장도가 호삼곡의 어깨를 턱 하며 짚었다.

"왜?"

"실랑이할 시간 없다."

"그래서 어쩌자고?"

마장도가 막수광을 힐끔 내려다봤다.

"자네 말대로 어차피 죽을 놈이야."

그리고는 제갈연에게로 시선을 돌렸다.

"이놈은 내버려 두지. 그러니까 검 치워."

"내가 당신을 어떻게 믿고?"

"내가 패천성의 마장도다. 조막만한 계집애한테 거짓말은 안 해."

제갈연이 얼굴을 찡그렸다. 그러나 오래지 않아 힘없이 검을 내리고 말았다. 시간이 흐를수록 막수광은 더 위험해지기 때문이다.

"좋아요."

마장도가 제갈연을 향해 턱짓을 했다.

"잡아."

패천성의 무사 서넛이 단숨에 제갈연에게 다가서더니 검을 겨눴다.

자신을 노려보고 있는 제갈연을 보며 만족스런 얼굴을 하던 마장도가 고개를 까딱거렸다.

"가자."

안희명이 만금장의 무사들을 헤치며 앞으로 나섰다.

"할아버지."

안은희가 불안한 안희명을 불렀지만 안희명은 그저 고개를 저을 뿐이었다.

그리고 마주한 사영명.

안희명이 모처럼 젊었을 적처럼 이를 갈았다.

"건방진 놈. 살려 줬더니 은혜도 모르고."

"살려 줘? 영감이 나를? 에이, 그건 아니지."

사영명이 고개를 절레절레 저으며 도를 뽑아 들었다.

"안 그래도 영감한테 갚아 줄 것도 있었는데 잘됐네. 오늘 해결하자고."

한쪽에서 가슴을 부여잡은 채 마른기침을 내뱉고 있던

임한상이 안희명을 불렀다.
"어르신."
안희명이 임한상을 쳐다보지도 않은 채 입을 열었다.
"한심한 놈. 제법 늘었나 싶었더니 고작 저런 놈한테 얻어맞은 것이더냐?"
"그, 그게……."
그 순간 사영명의 도에서 도기가 쭉 뻗어 나왔다.
"고작 저런 놈? 이거 영 기분 나쁘네."
사영명의 도가 안희명을 향했다.
"그놈 말대로 고작 주워 먹기나 한 주제에 내가 우스워 보여?"
"주워 먹기라…… 직접 확인해 보겠나?"
안희명의 양손이 푸르스름한 빛으로 둘러싸여졌다.
사영명이 도를 비스듬히 잡으며 히죽 웃었다.
"물어봐서 뭐 해? 그게 내가 원하던 거라니까."
그리고는 단번에 거리를 좁히려 바닥을 찍으려는 순간.
마장도가 둘 사이로 툭 떨어져 내렸다.
"그만!"
사영명이 얼굴을 찡그렸다.
"왜 또?"
마장도가 사영명과 시선을 맞췄다.
"볼일 다 봤으니까?"

"벌써?"

마장도가 고개를 끄덕였다. 그리고는 안희명을 돌아보며 가볍게 고개를 숙였다.

"저희는 이만 가 보겠습니다."

안희명이 눈썹을 꿈틀거렸다.

그 순간 무형의 기파가 안희명을 중심으로 원을 그리듯 퍼져 나갔다.

"이놈이나 저놈이나…… 건방짐이 하늘을 찌르는구나."

나직한 목소리가 명확하게 귀를 때렸다.

압도적인 위압감에 마장도를 비롯한 패천성의 무사들이 몸을 움찔 떨었고, 사영명마저 처음으로 긴장한 기색으로 도를 고쳐 잡았다.

그러나 호삼곡의 태연한 목소리가 끼어들더니 안희명의 위압감을 단숨에 꺾어 버렸다.

"그만두는 게 어떻겠소?"

호삼곡이 제갈연을 앞으로 내밀었다.

안희명이 저도 모르게 신음성을 흘렸다.

"으음……."

쾅!

굳게 닫혀 있던 문이 벌컥 열어젖혀졌다.

침상에 누워 잠에 취해 있던 철무한이 벌떡 상체를 일으키며 도를 잡았다.

"누구냐!"

잔뜩 날이 선 눈매가 방금 잠에서 깬 사람답지 않게 날카로웠다.

흥분한 채 철무한의 방으로 뛰어 들어온 안은희가 저도 모르게 움찔 몸을 떨며 한 걸음 물러섰다.

"어? 어, 그게……."

그러나 언제 그랬냐는 듯 철무한의 두 눈은 이미 흐리멍덩하게 변한 상태였다.

"하암. 뭐야? 너였어? 네가 이 시간엔 어쩐 일이야?"

아직 해가 뜨지도 않은 이른 시간이었다. 여전히 잠이 덜 깬 철무한이 연신 하품을 해 대며 질문을 던졌다.

상반되는 모습에 당황해 멍청한 얼굴을 하던 안은희는 철무한이 머리를 벅벅 긁기 시작하자 그제야 두 눈에 초점이 돌아왔다.

안은희가 두 눈에 쌍심지를 켰다.

"너 뭐야? 지금 뭐 하고 있어? 네가 지금 잠이나 자고 있을 때야?"

"왜 그래? 무슨 일인데?"

"우리 할아버지 지금 잡혀가셨어. 그러니까 네가 어떻게 좀……."

언뜻 이해가 가지 않는 말에 철무한이 얼굴을 찡그렸다.

"뭔 소리야? 너희 할아버지가 잡혀가시다니? 그게 무슨 말이야?"

"말 그대로라니까! 우리 할아버지 잡혀가셨다고! 그러니까 네가 어떻게 좀 해 보라고!"

앙칼지게 소리치는 안은희를 여전히 이해가 가지 않는다는 눈빛으로 쳐다보는 철무한.

그러나 조금 시간이 지난 후에야 비로소 상황을 이해했는지, 두 눈을 동그랗게 뜨더니 휙 하고 이불을 걷어 냈다.

"누가? 대체 누가 너희 할아버지를 잡아가?"

"누구긴 누구겠어? 이런 짓을 할 사람이 대장로 말고 또 있겠어?"

"대장로가 왜? 미친 것도 아니고 갑자기 왜?"

"걔들 걸렸어. 정무맹 애들……."

"정무맹 애들? 명진? 제갈 소저?"

눈알을 또르르 굴리던 철무한이 한순간 얼굴을 와락 구겼다.

"젠장!"

그때 소란스러움을 느낀 정주형 등이 철무한의 방으로 우르르 몰려들었다.

"왜요? 무슨 일인데요?"

정주형의 질문에도 철무한은 여전히 미간을 좁힌 채 심각한 얼굴로 무언가를 고민할 뿐이었다.

그 모습을 힐끔거리던 임무일이 목표를 바꿔 안은희를 쳐다봤다.

"왜? 무슨 일인데?"

임무일의 동글동글한 얼굴을 마주한 안은희는 또 다시 화가 치미는지 목소리가 뾰족해졌다.

"넌 대체 뭐 하는 녀석이야? 집안 단속도 똑바로 못 하고! 이게 뭐 하자는 거야!"

"뭔 소리야 갑자기…… 밑도 끝도 없이 그렇게 말하면 내가 어떻게 알아들어?"

임무일이 얼굴을 찡그리려는 찰나, 철무한이 침상에서 벌떡 일어섰다.

갑작스런 움직임에 임무일이 당황한 얼굴로 철무한을 쳐다봤다.

"뭐? 뭐? 또 왜 그래?"

철무한이 대꾸도 하지 않고 겉옷을 걸쳤다.

정주형이 조심스러운 얼굴로 질문했다.

"어디 가시게요?"

"그래."

"이 시간에 어딜……."

철무한이 정주형과 시선을 맞췄다. 차갑게 가라앉은 눈

동자가 섬뜩한 느낌을 줬다.

그 서늘한 느낌에 정주형이 저도 모르게 침을 꿀꺽 삼킬 때, 철무한이 이를 갈며 말했다.

"대장로."

거처가 소란스러웠다. 이른 시간부터 서책을 읽으며 하루를 준비하던 철위강이 눈썹을 찌푸리더니 가만히 귀를 기울이는 모양새였다.

"비켜라!"

"아, 안 됩니다."

"비키라고 했다!"

"그, 그게……!"

쾅!

"악!"

익숙한 목소리가 그의 귀를 잡아끌었다.

철위강이 슬며시 입꼬리를 추켜올리더니 손에 들고 있던 서책을 탁 하고 접었다. 그리고는 느릿느릿한 걸음으로 방을 나섰다.

요란한 폭음 소리와 자신의 수하들이 비명을 지르는 소리가 끊이지 않았지만 그의 발걸음은 여전히 여유로웠다.

조금 더 상황을 음미하고 싶었던 게다.

그러나 이동해야 할 거리가 지나치게 짧았던 탓에 시간은 그의 기대를 충족시켜 주지 못했다.

금세 흥이 깨져 버린 상황에 실망할 법도 했으나, 철위강은 여전히 담담한 얼굴로 도를 움켜쥔 채 자신을 노려보고 있는 철무한과 시선을 맞췄다.

"네가 이 시간에 어쩐 일이냐?"

그리고는 이내 시선을 돌리며 주위를 둘러봤다. 대여섯 명의 무사들이 바닥에 나뒹굴며 신음을 흘리고 있었다.

"아니지, 그것보다…… 이게 대체 무슨 짓이냐? 이젠 위아래도 몰라보는 것이더냐?"

철위강의 얼굴은 담담해 보였지만 두 눈동자에 어려 있는 비웃음까지는 감추지 못했다.

그것을 확인한 철무한이 울컥하려는 마음을 겨우겨우 억누르며 입을 열었다.

"숙부."

"대장로라 부르거라."

이번에는 철무한의 얼굴이 와락 일그러졌으나, 치솟는 분노를 다시 한 번 억지로 꾹 눌러 담았다.

그러나 동요하는 마음을 완전히 감춰 두지는 못하는 것인지 철무한이 조금은 떨리는 듯한 목소리로 입을 열었다.

"대장로."

"말하거라."

"할아버지…… 그러니까 전대 신응교주님은 왜 억류한 것입니까?"

그 말에 뺨을 긁적이며 곤란하다는 얼굴로 철무한을 물끄러미 쳐다보던 철위강이 이내 잘됐다는 얼굴로 눈을 반짝였다.

"마침 잘됐구나. 네가 가서 어르신을 모시고 가거라."

"……예?"

의외의 말에 철무한이 눈을 동그랗게 떴다.

"뭘 그렇게 놀라느냐? 설마 내가 어르신을 강제로 억류했다고 생각했던 것이냐?"

"아닙니까?"

"내가 왜? 설사 그럴 일이 있었다 해도 어르신께서 성을 위해 세운 공이 얼만데, 내가 무작정 움직이겠느냐? 그런 건 오직 형님만이 할 수 있다."

"그럼 왜……?"

"어르신 스스로 들어가 계시겠다는데 내가 어쩌겠느냐? 돌아가시라고 해도 들은 척도 하지 않고. 그러니 네가 모시고 가거라."

철무한이 눈알을 또르르 굴렸다. 그리고는 철위강의 눈치를 보며 다시 입을 열었다.

"그러면 제…… 갈 소저도……?"

철위강이 철무한의 말이 끝나기도 전에 고개를 저었다.

"그건 안 될 말이지."

"왜 안 됩니까? 그녀가 무슨 잘못을 했다고……."

"정무맹이지 않느냐? 정무맹의 종자가 우리 패천성의 안방까지 굴러 들어왔는데 두고 보고만 있으란 말이냐? 형님께서 널 그렇게 가르쳤더냐?"

"그녀는 아무 일도 하지 않았습니다. 몸이 아파서 치료차 방문한 것뿐입니다."

"그건 조사해 보면 알 일이고."

여전히 비웃음이 가득한 철위강의 눈초리.

그 눈을 바라보며 그가 노리는 바를 어렵지 않게 알아챈 철무한이 이를 으드득 갈더니 처음처럼 날을 세웠다.

"대장로."

"말하거라."

"말하거라가 아니고…… 흠, 일단은 대장로가 숙부니 말투 정도는 넘어가겠소."

철위강이 눈매를 꿈틀거렸다.

그러나 철무한은 조금의 동요도 없이 철위강을 쏘아보며 계속해서 말을 이었다.

"그녀는 내 친구요. 만약 그녀에게 조금이라도 이상이 있으면, 대장로 역시 각오해야 할 것이오."

"친구라…… 친구 좋지. 정무맹과 내통했다고 자백이라도 하는 것이냐?"

철위강의 말에 이번에는 철무한이 픽 하고 웃음을 흘렸다.

"내가 그럴 능력이 있었다면, 대장로는 벌써 이 세상 사람이 아니었겠지."

"네 이놈!"

철위강이 이를 갈았다. 그러나 철무한은 이미 신형을 돌리고 있었다.

"내 말 똑똑히 기억하고 있는 것이 좋을 거요."

철무한이 장로전을 나서자 기다리고 있던 정주형이 냉큼 입을 열었다.

"어떻습니까?"

철무한이 말없이 고개를 저었다. 안은희가 잔뜩 구겨진 얼굴로 철무한을 쏘아봤다.

"이제 어쩔 거야? 우리 할아버지 어쩔 거냐고?"

철무한이 입을 닫은 채 생각에 잠겼다. 안은희가 다시 입을 떼려는 찰나, 정주형이 안은희를 막아섰다.

"그만해. 투덜거린다고 뭐가 달라져?"

"그럼 이대로 두고 보자고? 뭐라도 해야 할 거 아냐?"

"그래서 지금 고민하시는 거 아니야. 입 좀 다물어. 네가 쫑알거리는 바람에 생각나실 것도 없던 일이 되고 말겠다."

안은희가 불만이 가득 찬 얼굴로 입술을 삐죽거렸다. 그러나 더 목소리를 내지 않고 철무한의 눈치를 살폈다. 그리고 철무한은 오래지 않아 안은희의 기대에 보답이라도 하듯 다시 눈을 빛냈다.

"아버지께 가야겠다."

고민우가 철무한을 쳐다봤다.

"성주님께요? 하지만 성주님은……."

"어떻게 해서라도 뵈어야지. 이 일을 풀 수 있는 사람은 아버지뿐이니까."

철무한이 걸음을 옮기자 아이들이 쪼르르 따라붙었다.

"따라올 것 없어. 너희는 내 거처로 가서 기다려."

"하지만……."

정주형이 토를 달려 했지만 철무한은 고개를 저을 뿐이었다.

"너희들이 따라붙으면 될 일도 안 돼. 가서 기다려."

그렇게 아이들을 떼어 낸 철무한은 홀로 걸음을 옮겼다.

몇 번의 검문을 거쳐 철자강의 거처에 도착한 철무한은 여전히 굳건하게 전각을 막아서고 있는 철영강을 쳐다보고는 한숨을 내쉬었다. 그러나 이내 고개를 저으며 철영강과 시선을 맞췄다.

"숙부님."

우락부락한 외모와는 다르게 철영강은 부드러운 목소리로 대꾸했다.

"말씀하시지요, 소성주."

"아버지를 뵈어야 하겠습니다."

"안 됩니다."

말투는 여전히 부드러웠지만 거절의 의사 역시 여전했다.

패천성에 돌아온 뒤로 하루가 멀다 하고 줄기차게 도전했지만 철영강이라는 철벽을 뚫어 내지 못하고 있었다.

그러나 오늘만큼은 반드시 뚫어 내야만 했다.

스르렁.

철무한이 구룡도를 뽑아 들었다.

"난 아버지를 뵈어야 하겠습니다."

지금까지와는 다른 모습에 철영강의 눈동자가 조금 커졌다. 그러나 곧 담담한 신색을 회복하며 고개를 끄덕였다.

"그럼 절 쓰러트려 보시지요."

그 말에 도리어 철무한이 난처한 기색을 드러냈다. 선뜻 도를 뻗어 낼 수 없었다. 팔짱을 낀 채 자신을 쳐다보고 있는 철영강이 언뜻 보기에는 빈틈투성이였지만, 지금의 철무한은 그 너머가 보였기 때문이다.

자신이 어느 방향으로 치고 들어간다 한들 그는 완벽하게 막아 낼 대비가 된 상태였다.

'막내 숙부도 생각보다 강하네.'

패천성을 나서기 전에는 전혀 보이지 않았던 것들이었으나 이제는 보이기 시작했다.

정확한 경지를 가늠하는 것은 여전히 어려웠지만 적어도 한 가지는 확실하게 알 수 있었다.

'어설프게 덤볐다간 바로 뒈지겠군.'

저도 모르게 도를 잡은 손에 힘이 들어가는 동시에 어깨가 딱딱하게 굳었다.

긴장한 기색이 역력한 철무한을 보며 철영강이 고개를 저었다.

"그렇게 긴장해서는 저를……."

잠깐이지만 철영강의 시선이 철무한에게서 틀어졌다.

철무한이 눈을 반짝였다.

'기회!'

철무한이 도를 쭉 뻗었다. 철무한이 순식간에 거리를 좁히자 조금은 당황하는 기색을 보이던 철영강이 이내 침착한 얼굴로 일장을 뻗어 냈다.

팡!

세찬 장력에 철무한의 도가 휙 밀려났다.

빈틈을 포착한 철영강이 한 걸음 앞으로 나서며 또다시 일장을 뻗어 내려는 찰나, 밀려나던 철무한의 도가 한순간 뚝 떨어지더니 이내 솟구치듯 철영강을 갈라 왔다.

"헙!"

철영강이 급하게 숨을 들이켜며 한 걸음 물러섰다. 그리고는 그 정도면 충분하다 여겼다. 철무한의 경험이 아직 충분하지 못했기에, 애써 잡은 선수를 이용하는 방법을 모를 거라 여긴 탓이다.

그러나 그것은 명백한 실책이었다. 철영강이 물러서는 만큼 철무한이 거리를 좁힌 것이다.

"젠장!"

팡! 팡! 팡!

철영강이 급한 마음에 한 번에 삼장을 쳐내며 철무한의 도를 밀어내려 했다. 아직 힘이 부족한 철무한의 도가 풍랑을 만난 배처럼 이리저리 흔들렸다.

그러나 딱 그 순간뿐이었다. 철영강이 뿜어내는 장력을 거부하지 않고 힘없이 밀려나다가도 어떻게든 빈 공간을 찾아 날카롭게 베어 왔다.

'소성주가 언제 이렇게…….'

철영강이 떨어지지 않는 구룡도의 도신을 보며 조금은 감탄한 얼굴을 했다.

힘은 부족하지만 격전 중에도 자신의 도가 나아가야 할 길을 빠르게 잡아내며 선수를 꽉 틀어쥐고 있었다. 잠시 눈에서 멀어졌을 뿐인데 실력이 훌쩍 늘었던 것이다.

그러나 철영강은 이내 얼굴을 찌푸리고 말았다.

'망할!'

손바닥을 교묘하게 파고드는 철무한의 진기.

용천도법이 문제였다.

'가랑비에 옷 젖는다고…….'

한 가닥, 한 가닥은 큰 문제가 아니었다.

그러나 그것이 쌓이면 문제가 될 것이다.

벌써부터 손바닥이 얼얼한 것이 조금씩 철영강의 감각을 갉아먹고 있었다.

그리고 그 순간 또다시 치고 들어오는 철무한의 일도.

'안 되겠군.'

철영강이 눈동자를 차갑게 굳히더니 손을 불쑥 뻗었다.

"어?"

눈을 부릅뜨고 철영강에게 필사적으로 달라붙어 있던 철무한이 당황한 얼굴을 했다. 철영강의 손이 흐릿하지만 푸르스름한 빛을 발하고 있었기 때문이다.

쾅!

일전에 철성한이 보여 줬던 철 씨 가문의 성명절기인 단목수가 철영강의 손에서 완성된 모습으로 뻗어 나왔다.

"큭!"

도를 뻗은 자세 그대로 주르륵 밀려나는 철무한.

단 한 번의 부딪침에 오장육부가 흔들리는 느낌이었다. 눈앞이 흐릿해지려는 것을 이를 악물고 초점을 잡아냈다.

그러나 이미 창백해진 얼굴과 입꼬리를 따라 가늘게 흘러내리는 핏줄기는 그가 내상을 입었음을 증명해 주고 있었다.

철영강이 손을 내리며 철무한과 시선을 맞췄다.

"이제 그만하시지요."

씁쓸한 기색이 잔뜩 묻어난 음성이 그의 심정을 대변했다.

눈에 넣어도 아프지 않을 조카가 훌쩍 성장한 모습으로 돌아왔으니, 어찌 대견하지 않겠는가?

하나 그런 기색을 내비칠 수 없었고, 조카의 부탁을 들어줄 수도 없었다.

철영강에게 있어 성주의 명은 최우선이었고, 그의 처소에 들이지 말라는 명을 거역할 수는 없는 노릇이었다.

철무한이 손을 들어 핏자국을 슥 닦아 내고는 입을 열었다.

"숙부님, 난 아버지를 뵈어야 합니다."

"그럴 수 없습니다."

"난 뵈어야 합니다. 그게 아니면 차라리 이 자리에서 죽겠습니다."

철영강이 담담한 얼굴로 고개를 끄덕였다.

"그렇게 하십시오."

그 말에 철무한이 눈을 들어 철영강과 시선을 맞췄다.

굳건하게 버티고 서 있는 모습은 도무지 뚫을 수 있을 것처럼 보이지 않았다.

한데 오히려 그 모습이 철무한의 투기에 불을 붙였다.

"그럴 생각입니다."

철무한이 이를 악물고 다시 구룡도를 세웠다.

그러나 이전처럼 쉽게 치고 들어가지 못하고 원을 그리듯 천천히 걸음을 옮기며 철영강의 빈틈을 찾았다.

무방비한 듯 보였던 이전과는 달리, 그의 양손이 처음부터 푸르스름한 빛을 띤 채 단목수를 준비하고 있었기 때문이다.

한동안 거리를 좁히지 못하던 철무한이 미간을 좁혔다. 좀처럼 빈틈을 찾아내지 못한 게다.

'빈틈이 없으면…….'

만들어야 했다.

철무한이 오른발을 뒤로 빼고 도를 비스듬히 세웠다.

용천도법의 기수식인 금룡헌조를 준비하는 것이다.

금으로 치장된 어린 용이 포악한 본성을 감추지 못하고 발톱을 드러내려는 순간.

차가운 목소리가 장내를 가득 채웠다.

"그만!"

40章.

참룡회귀록

斬龍回歸錄

40章.

철무한이 나이가 더 들면 이런 모습일까?

철무한과 꼭 닮은 중년인이 손수 차를 따르더니 그의 앞으로 내밀었다.

"받아라."

모락모락 김이 피어오르는 찻잔을 양손으로 건네받은 철무한은 차를 마실 생각이 없었다. 그저 찻잔을 양손으로 만지작거리며 망설이는 얼굴을 하고 있을 뿐이었다.

그렇게 침묵이 지속되던 그때, 먼저 입을 연 이는 철자강이었다.

"소화는 어떻게 된 것이냐?"

"제 친구가 찾으러 갔습니다."

"네 친구? 호 장로를 묻어 버렸다는 그 녀석을 말하는 건가?"

"그렇습니다."

"그 녀석이 할 수 있겠느냐?"

조금은 불신의 기색이 묻어나는 목소리였다.

철무한이 철자강과 시선을 맞췄다.

"혹…… 소화를 납치한 이들을 찾아보신 겁니까?"

"그렇다."

"누굽니까? 그 빌어먹을 자식들은."

철자강이 고개를 저었다.

"모른다."

"예?"

"손발이 잘렸다. 신무문도 무슨 생각을 하는지 변명만 하더구나."

철무한이 얼굴을 굳혔다. 생각보다 상황이 심각하다는 것을 비로소 체감한 것이다.

"그, 그럼……?"

"그래서 묻고 있지 않느냐. 그 녀석은 믿을 만하더냐?"

철무한이 잠시 고민을 하는 듯싶더니 이내 고개를 끄덕였다.

"그렇습니다."

철자강이 철무한의 눈을 뚫어져라 들여다봤다.

그의 두 눈은 확신으로 가득 차 흔들림이 없었다.

"알겠다."

한 차례 고개를 끄덕이며 납득했다는 얼굴을 한 철자강이 다시금 입을 열었다.

"무슨 일이냐? 무슨 일이길래 나를 찾은 것이냐?"

훅 치고 들어오는 철자강의 목소리에 잠시 당황한 기색을 했지만, 이내 탁 소리가 나도록 찻잔을 내려놓은 철무한이 철자강과 시선을 맞추며 입을 열었다.

"도와주십시오."

밑도 끝도 없는 말이었지만 철자강은 그 의미를 어렵지 않게 알아들었다.

그러나 철자강은 고개를 저었다.

"그럴 수 없다."

"제 친구입니다."

"그 전에 정무맹 소속이지."

"패천성에 일을 꾸미러 온 것이 아닙니다. 내상을 치료할 요량으로……."

철자강이 또다시 고개를 내저으며 철무한의 말을 끊었다.

"우리가 그런 것까지 알아야 하느냐? 그 전에, 내가 이런 일까지 신경 써야 하겠느냐?"

제갈이란 성이 마음에 걸리긴 했지만 어디까지나 꼬맹이일 뿐이었다. 그것도 계집아이였다.

자신의 관심을 끌기에는 급이 한없이 낮았다.

그 의중을 눈치 챈 철무한이 생각을 바꿨다.

"대장로가 이용하려 합니다. 아버지께서 신경 쓰셔야 합니다."

그러나 철자강은 픽 웃을 뿐이었다.

"고작 계집아이 하나로? 쓸데없는 짓. 얼마든지 해 보라고 하거라."

"그렇게 쉽게 생각하실 문제가 아닙니다. 이미 패천성을 떠받치는 기둥 중 다섯 개가 대장로에게 돌아섰습니다. 여기에 제갈 소저을 빌미로 저를 엮으면 다른 이들도 혹할 것입니다. 그런데 어찌 그리 쉽게 생각하시는 겁니까? 이 문제는……."

"그래서 어쩌자는 것이냐?"

불쑥 입을 열어 말을 끊는 철자강을 보며 철무한이 눈을 동그랗게 떴다.

"예?"

찻잔에서 모락모락 피어나는 김을 사이에 두고 철자강이 철무한과 시선을 맞췄다.

"어떻게 할 것이냐고 물었다. 설마, 친구를 구해 달라 떼를 쓰려고 패천성의 기둥들까지 끌어들이며 거창하게 말을 꺼낸 것은 아니겠지?"

"어, 그러니까 그게……."

안절부절하는 철무한을 물끄러미 쳐다보던 철자강이 조금

시간이 지난 후에 다시 목소리를 냈다.

"무한아."

"예? 예, 아버지."

"철 씨 가문의 남자는 누군가에게 의지해서는 안 된다. 무슨 일이든 제 힘으로 해결해야 하는 법이지."

"하지만……."

"그것을 못 해서 내가 이 지경이 된 것이고."

철자강의 힘없는 목소리에 철무한이 입을 다물었다.

자조 어린 얼굴을 하는 철자강을 물끄러미 쳐다보던 철무한은 문득 항상 당당하게만 보이던 제 아비가 왠지 모르게 왜소해 보인다는 생각이 들었다.

'제기랄!'

그 순간, 모용기와 철소화를 끌어들여 한 번 더 철자강을 설득해 보려던 생각은 버릴 수밖에 없었다.

철무한이 이를 악물었다.

그리고는 으르렁거리듯 목소리를 냈다.

"아버지."

"뭐냐?"

고개를 드는 철자강의 눈동자는 여전히 맥이 없어 보였다.

철무한이 다시 으르렁거렸다.

"아버지."

철자강이 얼굴을 찡그렸다.

"뭐냐고 물었다."

"제 일은 제가 처리하겠습니다. 아버지도 아버지의 일을 해결하십시오."

"뭐라?"

철자강이 눈을 크게 떴다.

그러나 철무한은 대꾸 없이 자리에서 일어섰다.

그리고는 꾸벅 고개를 숙이더니 제 길을 갔다.

그 뒷모습을 물끄러미 쳐다보던 철자강이 문득 입을 열었다.

"다 컸군."

십여 개의 검이 다양한 방위에서 날아들었다.

따로 두고 보면 무서울 것이 없었지만 뭉쳐 두니 어떻게 막아야 할지 감이 잡히지 않았다. 여전히 경험이 부족한 탓이다.

그래서 도기를 뿜었다.

평소라면 한 걸음 물러서서 신중하게 생각했을 터이지만, 주체할 수 없을 정도로 솟구친 화를 눌러 둘 수가 없어 이성을 잃은 게다.

서걱!

단번에 두 개의 검을 잘라 버렸다. 그에 멈추지 않고 한 번 더 나아가 도를 휘둘렀다. 시퍼렇게 치솟은 도기를 감당하지 못한 무사 둘이 한꺼번에 상하로 분리됐다.

"악!"

"끄아악!"

처참한 비명을 뒤로하고 막수광이 재빠르게 제자리에서 회전했다.

시퍼런 도기가 잔상을 남기며 흐릿한 막을 형성했고, 그 사이를 파고들려던 몇몇 검이 툭툭 소리를 내며 잘려져 나갔다.

"어?"

"이런!"

반토막이 된 검신에 몇몇 무사들이 당황하는 기색을 보이자 막수광이 눈을 빛냈다.

막수광이 벌어진 틈 사이로 파고들며 호삼곡을 노렸다.

"죽어!"

"망할!"

호삼곡이 급하게 뒷걸음질 치며 양 장을 뻗어 냈다.

쾅!

도기와 장력이 맞부딪치며 폭음이 터져 나왔다. 막수광의 도기가 호삼곡의 장력을 뚫어 내지 못한 것이다.

그 순간 새파란 검기가 좌측에서 불쑥 튀어 올랐다.

막수광이 이를 악물며 도를 틀었다.

쾅!

도기와 검기가 맞부딪치는 순간 내력이 뚝 끊어졌다.

막수광이 주르륵 밀려나더니 입을 꾹 다물었다. 치솟아 오르려는 피를 참느라 얼굴이 새빨개졌다.

호삼곡이 쉴 틈을 주지 않고 막수광에게 몸을 날렸다.

"죽어! 이 자식아!"

쾅! 쾅! 쾅!

호삼곡의 장력이 거세게 몰아쳤고, 막수광의 신형이 연신 뒤로 물러섰다.

더 이상 삼키지 못한 핏물이 입꼬리를 타고 주르륵 흘러내렸다.

그 틈을 놓치지 않고 호삼곡이 한 번 더 몸을 날렸다.

콰아아!

무형의 장력에 상당한 압박감을 느낀 막수광이 뒷걸음질 치며 도를 그었다.

"젠장!"

선명한 반월형의 도기가 쭉 뻗어 나갔다.

"으헉!"

호삼곡이 기겁을 하며 바닥에 납작 엎드렸다.

거리를 벌린 막수광이 잠시 숨을 돌리려던 찰나 사방에서 검이 쏟아졌다. 그리고 유난히 막수광의 시선을 잡아끈 것은 선명한 검기에 둘러싸인 마장도의 검이었다.

"빌어먹을!"

쾅!

마장도의 검을 받아 낸 막수광이 주르륵 밀려났다. 그리고는 왈칵 피를 쏟아 냈다.

"우웩!"

그러나 막수광의 살기는 여전히 꺼지지 않았다. 막수광이 손을 들어 입을 슥 닦아 내더니 오로지 호삼곡만 노려보며 으르렁거렸다.

"넌 내가 반드시 죽인다."

호삼곡이 얼굴을 찡그렸다. 그러나 전혀 걱정하는 기색이 아니었다.

"썅! 이것들이 하나같이 주제도 모르고…… 내가 그렇게 만만해 보여? 뒈지고 싶어?"

호삼곡이 앞으로 나서려는 것을 마장도가 손을 뻗어 막아섰다.

"왜?"

"시간 없다. 빨리 끝내자."

호삼곡이 얼굴을 찡그렸다. 그러나 이내 고개를 까딱거리며 막수광을 가리켰다.

"뭐 해? 쳐!"

그 말과 동시에 잠시의 소강상태가 끝나고 패천성의

무사들이 막수광을 향해 몸을 날렸다.

막수광이 도를 고쳐 잡으며 이를 으드득 갈았다.

"으헉!"

막수광이 번쩍 눈을 뜨자 박강진이 얼굴을 들이밀었다.

"일어났나?"

"어……? 여긴…… 으음……."

주위를 살피던 막수광이 저도 모르게 신음을 흘렸다. 박강진이 쯧 하고 혀를 찼다.

"그러게 조심 좀 할 것이지……."

박강진이 막수광을 돌보던 의원을 향해 질문했다.

"어떻습니까?"

"위험한 고비 넘겼습니다. 이젠 걱정할 것 없습니다."

박강진이 안도의 한숨을 내쉬었다. 물끄러미 쳐다보던 명진의 얼굴도 조금은 나아졌다.

조금 시간이 지나자 고통이 가라앉은 막수광이 주위를 둘러봤다.

"여긴……."

박강진이 고개를 저었다.

"일단 좀 쉬게. 잠이나 더 자 둬."

눈알만 데굴데굴 굴리던 막수광은 이내 정신이 돌아오는지 다급한 얼굴로 박강진을 쳐다봤다.

“혁진이! 혁진이는 어떻게 됐습니까?”

박강진이 눈을 찌푸렸다.

“쓸데없는 걱정 말고 일단 좀 쉬라니까. 몸 좀 추스르고 나서…….”

“지금 제가 묻지 않습니까? 혁진이는 어디 있습니까? 내 동생 어디 있냔 말입니다!”

목소리를 높이는 것으로도 부족해 당장이라도 일어서려는지 상체를 들썩였다.

그러나 이내 얼굴을 구기며 신음을 흘렸다.

“윽…….”

이마에서 순식간에 식은땀이 송골송골 돋아나더니 얼굴선을 따라 주르륵 흘렀다.

고통으로 인상을 쓰는 막수광을 내려다보며 박강진이 고개를 절레절레 저었다.

“거, 일단 좀 쉬라니까.”

막수광을 돌보던 의원 역시 한숨을 푹 내쉬었다. .그리고는 더 두고 볼 자신이 없는지 자리에서 일어섰다.

“전 일단 가 보겠습니다. 무슨 일이 있으면 연락 주십시오.”

“알겠습니다. 살펴 가십시오.”

자리에서 의원을 배웅한 박강진이 조금 시간이 지난 후에 시선을 돌려 막수광을 내려다봤다.

한참이나 끙끙 앓던 막수광이 그제야 숨을 돌리며 다시 박강진과 시선을 맞췄다.

"내 동생 어디 있습니까?"

핏줄이 툭툭 불거져 새빨갛게 물든 눈에는 눈물이 가득 차 있었다.

박강진은 차마 대꾸하지 못하고 슬그머니 시선을 돌렸다.

하문 외곽의 허름한 사당을 물끄러미 쳐다보던 철무한이 물음을 던졌다.

"여긴가?"

철무한의 질문에 임무일이 고개를 끄덕였다.

"맞아. 여기 거지들이 잔뜩 몰려 있다고……."

"그건 딱 봐도 아는 거고."

자신을 힐끔힐끔 쳐다보며 경계하는 거지들의 수가 언뜻 봐도 스물은 족히 넘어 보였던 게다.

"그럼 뭐하러 물어봐?"

임무일이 얼굴을 구기며 투덜거렸으나, 철무한은 들은 척도 하지 않고 걸음을 옮겼다.

이내 그가 사당으로 다가서자 거지들의 한결 더 긴장하는 모습이었다.

개중에는 철무한을 알아보고 목봉을 움켜쥔 채 날을 세우는 이들도 있었다.

얼굴을 콕콕 찌르는 따가운 시선에 철무한이 얼굴을 찡그리며 그 자리에 멈춰 섰다.

"흐음……."

철무한이 팔짱을 낀 채 고개를 모로 기울였다.

'싸우자고 온 게 아닌데…….'

박강진과 명진을 찾아 나선 자리다. 분란을 만들어서 좋을 것이 없었다.

어떤 식으로 얘기를 풀어 가야 할지 고민하며 철무한이 눈알을 또르르 굴리는데, 정주형이 앞으로 나서며 눈알을 부라렸다.

"거지새끼들이 어따 대고 도끼눈이야! 눈 안 깔아? 죽고 싶어? 세상 그만 살게 해 줘?"

"어? 자, 잠깐……."

난데없는 상황에 당황한 얼굴로 정주형에게 손을 뻗던 철무한은 얼마 가지 않아 내밀던 손을 슬며시 내리고 말았다.

정주형이 날을 세우자 거지들이 움찔하며 기세가 수그러드는 것이 한눈에 보였기 때문이다. 자신을 대할 때와는 전혀 다른 태도였다.

'하여간 좋게 말로 하면 호구 잡히는 세상이라니까.'

철무한이 고개를 절레절레 저었다.

"뭐 해? 당장 분타주 안 불러와? 꼭 똥인지 된장인지 찍어 먹어 봐야 맛을 알겠어? 이 자리에서 한바탕할까?"

정주형이 한 번 더 윽박지르자 눈치를 보던 거지들 중 하나가 사당 안으로 쏙 들어갔다.

정주형이 헤실거리며 철무한을 돌아봤다. 칭찬이라도 해 달라는 얼굴이었다.

철무한이 떨떠름한 얼굴로 고개를 끄덕였다.

"자, 잘했다."

정주형이 히죽 웃더니 코를 치켜들며 혁련강을 쳐다봤다.

"왜 날 쳐다봐?"

"몰라? 모르면 됐고."

혁련강이 얼굴을 찌푸렸다.

그러나 사당 안에서 헐레벌떡 뛰쳐나오는 늙수그레한 거지를 확인하고는 얼른 낯빛을 고쳤다.

"아이고, 패천성의 공자들께서 이런 누추한 곳까지 어인 일이십니까? 미리 연락이라도 주셨으면 좋은 곳으로 모셨을 텐데…… 아, 이럴 게 아니고 일단 자리를 옮기고……."

호들갑을 떠는 늙은 거지를 보고 철무한이 한 걸음 앞으로 나서며 고개를 저었다.

"그럴 것 없소."

“예? 하지만 여긴 너무 누추해서…… 그러지 마시고 다른 곳으로 가서 얘기를……”

철무한이 시선을 들어 눈을 맞추자, 늙은 거지는 마른침을 꿀꺽 삼키며 입을 닫았다.

그제야 철무한이 용건을 꺼냈다.

“친구들을 찾아온 거요. 일단 그들부터 봐야겠소.”

늙은 거지가 눈을 동그랗게 떴다.

“친구요? 설마…… 우리 개방에 친구가 있다는 말씀이십니까? 패천성의 소성주인 철 공자께서?”

다 알면서 능청을 떠는 모습이 얄미웠다. 철무한이 얼굴을 찡그리며 다시 말했다.

“노인장…… 그러니까 이름이……”

“곽웅입니다.”

“그래, 곽 노인. 내가 좀 급해서 그러는데 간 보지 말고 안내부터 해 주시오. 싸우자고 온 게 아니니까.”

그러나 곽웅은 여전히 무슨 말인지 모르겠다는 듯이 능청을 떨었다.

“아니, 그러니까…… 친구가 누구인지 말씀부터 해 주셔야……”

“이 노친네가 진짜!”

지켜만 보고 있던 정주형이 얼굴을 와락 구기며 앞으로 나서려 했다. 그러나 이번에는 철무한이 손을 들어 정주형을 막아섰다.

정주형이 눈알을 또르르 굴려 철무한을 쳐다봤다.

"왜, 왜요?"

그러나 철무한은 정주형에게 눈길도 주지 않고 여전히 곽웅만을 쳐다보고 있었다.

"곽 노인."

"예…… 예?"

곽웅이 조금은 주눅이 든 것 같은 얼굴을 했다.

그러나 그것이 가장이라는 것을 잘 아는 철무한은 차갑게 눈매를 가라앉히며 입을 열었다.

"제갈…… 구해야 하지 않겠소?"

찰나의 순간이지만 곽웅의 눈동자가 가볍게 흔들렸다. 그러나 잠시일 뿐이다. 곽웅은 여전히 주눅이 든 얼굴로 고개를 숙였다.

"죄송합니다. 이 늙은 거지는 철 공자가 도대체 무슨 말을 하시는지 모르겠습니다."

철무한이 얼굴을 찡그렸다. 곽웅이 입을 열 생각이 없어 보였기 때문이다.

'이렇게 되면 힘으로라도…… 응?'

작은 기척에 철무한이 흠칫 몸을 떨었다.

작은 움직임이지만 곽웅의 발이 움직이고 있었다.

철무한이 한순간 눈을 반짝이다가 이내 사나운 얼굴로

곽웅을 윽박질렀다.

"곽 노인, 정말 이러기요? 내가 누군지 잘 알면서도 이런 식으로 나오는 거요? 이러고도 개방이 하문에서 활동할 수 있다고 생각하는 거요?"

"그, 그게 아니고…… 정말 무슨 말인지 알아들을 수가 없어서……."

곽웅이 쩔쩔매며 연신 허리를 숙였다.

정주형이 잔뜩 일그러진 얼굴로 다시 끼어들었다.

"이 노친네가…… 손자, 손녀 보기 싫어? 오래 살아야 할 거 아냐? 그러니까 우리 공자님 말에……."

그러나 이번에도 철무한이 손을 들어 정주형을 막아섰다.

정주형이 움찔하며 철무한을 돌아봤다.

"왜, 왜요?"

철무한은 여전히 정주형의 말에 대답이 없었다.

철무한이 곽웅을 노려보며 씹어뱉듯이 말했다.

"삼 일. 삼 일 주겠소. 그 안에 내가 원하는 걸 가져와야 할 거요."

철무한의 단호한 목소리에 곽웅이 한껏 당황한 얼굴을 했다.

"갑자기 이러시면…… 아니 자세한 설명이라도 해 주셔야……."

그러나 철무한은 이미 걸음을 돌렸다.

"가자."

임무일과 고민우, 혁련강이 곽웅을 힐끔 쳐다보며 그의 뒤를 따라붙었다.

철무한과 곽웅을 번갈아 쳐다보던 정주형이 마지막으로 한 번 더 얼굴을 구겼다.

"삼 일이야, 삼 일. 똑똑히 새겨 둬."

그리고는 바쁘게 발을 놀려 철무한의 뒤로 따라붙었다.

거지들 중 하나가 불안한 얼굴로 곽웅에게 다가섰다.

"분타주님, 이거 어쩌지요?"

"뭘 말이냐?"

"그 왜…… 철무한 저 새끼가 찾으라는 것 말입니다. 이거 잘못되면 하문에서 활동하기가 어려운데……."

곽웅이 고개를 저었다.

"내가 알아서 하마. 걱정할 것 없다."

"하지만……."

말을 걸던 거지는 여전히 불안한 감정을 숨기지 못했다. 그러다가 갑자기 얼굴을 구겼다.

"그게 뭔지 말을 해 줘야 하는 거 아닙니까? 밑도 끝도 없이 대뜸 찾으라고 하면……."

"신경 끊으라고 하지 않느냐. 입 다물고 가서 동냥질이나 해 오거라. 슬슬 배고플 시간이다."

"예? 어…… 그게……."

곽웅은 더 이상 대꾸하지 않고 고개를 절레절레 저으며 사당 안으로 걸어갔다.

그리고 사당의 문턱에 한 발을 걸쳤을 때, 곽웅이 시선을 돌려 철무한의 뒷모습을 쳐다봤다.

'기재라 하더니…… 감이 좋아.'

철무한의 얼굴을 마주한 막수광이 대번에 욕설부터 쏟아냈다.

"이 빌어먹을 새끼야!"

제대로 거동하지 못하는 것이 차라리 다행이었다.

그게 아니었다면 벌써 도를 뽑아 들었으리라.

철무한이 나직하게 한숨을 내쉬자 박강진이 철무한을 툭 치며 말했다.

"그러게 아직은 아니라니까."

"대신 몸이 저래서 맞을 일은 없잖아요. 들어 보니까 막씨 아저씨 도기도 뽑고 그러는 것 같던데…… 차라리 지금이 나은 거죠."

뻔뻔한 얼굴로 속닥거리는 철무한을 보며 박강진이 기가 차다는 얼굴을 했다.

"지금 그런 말이 입에서 나와?"

"그럼 어쩌겠어요? 이미 벌어진 일인데……."

"어쩌긴! 일단 변명이라도 해야……."

그러나 박강진은 말을 계속 이을 수 없었다. 막수광이 시뻘겋게 물든 눈으로 피를 토하며 소리를 질렀기 때문이다.

"이 새끼! 이리 안 와! 이 새끼 모가지를…… 큭! 쿨럭, 쿨럭!"

거칠게 기침을 내뱉는 막수광을 보고는 박강진이 철무한을 밀쳐냈다.

"일단 나가. 자네 얼굴 계속 보고 있다가는 진짜 큰일 나겠어."

명진이 팔짱을 풀며 철무한을 잡아끌었다.

"나가자."

난처한 얼굴로 막수광을 쳐다보던 철무한이 한숨을 푹 내쉬었다.

그리고는 명진의 손을 뿌리치더니 깊숙이 허리를 숙였다.

"이런 말이 도움이 되지는 않겠지만…… 정말 죄송합니다."

"이 새끼! 윽…… 쿨럭, 쿨럭!"

박강진이 막수광에게 다가서며 철무한을 향해 손을 내저었다.

"얼른 나가. 나가라고."

철무한이 고개를 끄덕이며 신형을 돌렸다.

탁 소리를 내며 문이 닫히자 철무한이 뒤따라 나온 명진을 돌아봤다.

그러나 먼저 질문을 한 것은 명진이었다.

"무슨 일이지?"

명진의 목소리가 조금은 차갑게 느껴졌다. 원래 싸늘한 녀석이기는 했지만 평소에는 목소리에 날을 세우지는 않았었다. 그러나 오늘은 감정이 실렸는지 가시가 돋아 있는 목소리였다.

철무한이 명진을 쳐다보며 입을 열었다.

"용케 빠져나왔군."

"그럼 빠져나오지 말았어야 했나?"

"그건 아니고……."

명진이 여전히 가시가 돋친 목소리를 냈다.

"용건이나 말해. 지금은 네 녀석과 오래 마주할 기분이 아니니까."

철무한이 얼굴을 찡그리며 뺨을 긁적였다. 그리고는 이전처럼 한숨을 푹 내쉬며 고개를 끄덕였다.

"그러자. 안 그래도 시간이 없으니까."

"무슨 말이지?"

"제갈 소저…… 구해야지?"

철무한의 말에 명진이 눈을 반짝였다.

"방법이 있나?"

"이게 좀 위험하긴 한데…… 딱 한 번. 그 때를 놓치면 더는 손쓰기 어려워. 평천대전이 내일이거든."

더 생각할 것도 없었다. 명진이 직설적으로 질문했다.

"언제냐?"

"오늘 밤 자정."

"장소는?"

"따로 사람을 보내지."

명진이 고개를 끄덕였다.

"알겠다."

"그럼 난 이만 가 보지. 이따 보자고."

철무한이 몸을 돌렸다. 그러나 두어 걸음 채 옮기기도 전에 명진을 다시 돌아봤다.

명진이 의문을 표했다.

"더 남았나?"

철무한은 대답 전에 먼저 장원을 휙 둘러봤다. 하문의 중심부에 위치한 이가장은 근처의 장원들과 마찬가지로 인공 연못을 비롯하여 화려하게 꾸며져 있었다.

철무한이 명진을 쳐다봤다.

"중심부에 안가를 둔 것이 좋은 선택이긴 한데, 얼른 거처를 옮기는 게 좋을 거야."

그 말의 의미를 어렵지 않게 알아들은 명진이 고개를 끄덕였다.

"그렇게 전하겠다."

❖ ❖ ❖

신응교의 안호석, 만금장의 임한상, 천중문의 고진, 혁련가의 혁련휘, 신무문의 하수란, 해남파의 서진, 광주공가의 공량, 와룡장의 이각, 태안검파의 허태충, 신녀문의 여유향까지.

패천성을 떠받치는 열한 개의 기둥 중 열 개의 주인이 한자리에 모였다.

그러나 예전처럼 화기애애한 분위기는 눈을 씻고도 찾아볼 수가 없었다.

혁련휘나 서진, 허태충처럼 대놓고 눈을 부라리는 이들도 있었고 하수란과 안호석같이 눈치만 살피는 이들도 있었다.

그리고 나머지 한 부류는 어색한 분위기 속에서 말없이 술만 마시고 있었다.

마지막 부류에 속해 있던 고진이 문득 술잔을 내리며 옆에 있던 임한상을 쳐다봤다.

"자네, 그렇게 술을 마셔도 되는 건가?"

얼마 전 몸을 다친 것이 마음에 걸린 것이다.

그러나 임한상은 아무렇지도 않다는 얼굴로 고개를 저었다.

"괜찮아. 이미 다 가라앉았어. 그보다 정인훈 이 빌어먹을 자식은 어떻게 한 번을 빼먹지 않고 매번 늦는 거냐? 가뜩이나 뒤숭숭한 분위기인데……."

"그러게 말이야. 아무리 묘강이 멀다 해도 조금만 일찍 나서면 될 일인데……."

고진 역시 동감한다는 얼굴로 고개를 절레절레 저었다. 그리고는 문득 무슨 생각이 들었는지 다시 임한상을 쳐다봤다.

"그런데…… 이번엔 성주도 나오겠지?"

임한상이 고진이 그랬듯 탁자에 술잔을 탁 하고 내려놓았다.

"글쎄……."

철자강의 얼굴을 못 본 지 벌써 석 달이 넘었다.

몇 번이나 찾아갔지만 돌아온 것은 차가운 냉대였다. 자신뿐 아니라 다른 이들 역시 마찬가지였다.

'이번에도 안 나오면…….'

임한상이 미간을 좁히다가 절레절레 고개를 저었다.

"생각이 있으면 나오겠지."

자신의 건재함을 내보일 수 있는 자리다. 어쩌면 저들을 흔들어 놓을 수도 있었다. 반드시 나와야 했다.

고진 역시 이번에도 임한상의 생각에 동의했다.

그러나 철자강은 이번에도 그들의 기대를 채워 주지 못했다.

"대장로 드십니다!"

맑고 청아한 목소리가 길게 여운을 남길 때.

철위강이 대전으로 들어섰다.

임한상이 얼굴을 구겼다.

"제기랄."

"차라리 무한이를 내보낼 것이지."

고진이 임한상과 비슷하게 얼굴을 찡그렸다.

평천대전의 전야제라 할 수 있는 중요한 자리에서 성주를 대신한다는 것이 갖는 의미는 지대했기 때문이다. 위급한 상황에서 성주를 대신한다는 의미, 즉 성주직을 이어받을 유력한 인물이라는 것과 다름없었으니까.

"대체 무슨 생각인지……."

고진이 고개를 절레절레 저으며 자리에서 일어섰다. 그러다가 멀뚱멀뚱 쳐다보고만 있는 임한상을 확인하고는 얼굴을 찌푸렸다.

"뭐 하나? 어서 일어나지 않고."

"내가 일어나야 하나?"

"그걸 지금 말이라고. 어찌 되었건 성주 대신일세. 지금은 대장로가 성주나 마찬가지일세."

그 말에 한숨을 푹 내쉰 임한상이 여전히 내키지 않는다는 얼굴이었지만 억지로 몸을 일으켰다.

"제길."

오로지 성주만이 오를 수 있는 권좌를 향해 계단을 오르는 철위강.

차마 그 모습을 지켜볼 수가 없었던지 고진과 임한상은 시선을 돌려 버렸다.

그리고 그것은 조금 떨어진 곳에 위치한 혁련휘 역시 마찬가지였다. 혁련휘는 아예 천장만 쳐다보고 있었다.

그러나 그 셋을 제외한 나머지는 철위강이 권좌에 오르는 것에 딱히 불만은 없어 보였다.

여전히 눈치를 보는 안호석과 하수란 정도를 제외하면 나머지는 오히려 기대에 찬 얼굴이었다.

여러 가지 감정이 뒤섞인 좌중의 시선을 받으며 묵묵하게 계단을 오른 철위강이 비로소 몸을 돌려 좌중을 내려다봤다.

"한해 중 패천성에 있어 가장 중요한 날이다. 평천대전만큼은 복잡한 생각을 털어 버리고 마음껏 즐겨도 좋다."

철위강의 입에서 묵직한 저음이 흘러나왔다.

벌써부터 성주라도 된 것처럼 완벽한 하대를 하며 자신감이 넘치는 얼굴이었다.

눈치 빠른 여유향이 얼른 공손하게 두 손을 모았다.

"감사합니다."

뒤늦게 허태충 등도 양손을 모았다.

그 모습에 철위강의 입가에 옅은 미소가 자리 잡았다.

여전히 뻣뻣한 임한상과 고진, 혁련휘가 조금 못마땅하기는 했지만 그것도 잠시뿐일 터.

평천대전이 끝나면 저들 역시 자신 앞에서 고개를 조아릴 것이라 생각하는 그였다.

철위강이 입꼬리를 올리며 권좌로 엉덩이를 가져다 대려는 순간.

예의 그 긴 여운을 남기던 청아한 목소리가 다시금 울려 퍼졌다.

"성주님 드십니다!"

"……뭐?"

철위강이 눈을 동그랗게 떴다.

그러나 철위강이 손써 볼 틈도 없이 대전의 문이 스르륵 열리더니 철무한만큼이나 덩치가 큰, 압도적인 체구의 철자강이 대전 안으로 들어섰다.

"어, 어떻게……?"

"이, 이럴 리가 없는데……."

이번엔 정반대의 상황이었다.

눈에 띄게 안색이 밝아진 고진과 임한상, 혁련휘.

반대로 당황스러움을 감추지 못하는 나머지 주인들.

철위강이 그랬던 것처럼 철자강은 뚜벅뚜벅 걸음을 옮기더니 권좌에 오르는 계단 앞까지 다가가 신형을 멈췄다.

권좌를 올려다보며 고개를 모로 기울이는 그.

"네가 왜 거기 있는 거냐?"

철위강이 당황스러운 기색을 감추지 못하며 말을 더듬었다.

"어? 혀, 형님…… 그, 그게 그러니까……."

그러나 철자강이 차가운 목소리로 철위강의 말을 잘랐다.

"내려와라."

"아니, 그, 그게…… 그러니까……."

여전히 망설이는 얼굴로 말을 더듬는 철위강을 보며 철자강이 반대편으로 고개를 기울였다.

그 순간 철자강의 눈빛이 깊숙하게 가라앉았다.

철위강이 흠칫하더니 급하게 계단을 내려왔다.

그리고는 철자강을 향해 공손하게 허리를 숙였다.

"혀, 형님. 오르시지요."

그러나 철자강은 미동도 하지 않았다.

여전히 심유하게 가라앉은 눈빛으로 식은땀을 뻘뻘 흘리는 철위강을 잠시 쳐다보던 그가 불쑥 입을 열어 목소리를 냈다.

"형님?"

철위강이 여전히 고개를 숙인 채 얼굴을 일그러트렸다. 누가 주인인지 되묻는 철자강의 의도를 알아차린 탓이다.

그러나 아직은 때가 아니라 생각한 철위강이 억지로 목소리를 쥐어짰다.

"서, 성주님."

철자강이 고개를 끄덕였다. 그리고는 여전히 허리를 숙이고는 있는 철위강을 뒤로한 채 비로소 걸음을 옮겨 계단을 올랐다.

마침내 권좌에 오른 철자강이 좌중을 돌아봤다.

다양한 감정이 뒤섞인 시선들을 하나하나 마주한 철자강은 아무렇지도 않다는 얼굴로 목소리를 냈다.

"평천대전이다. 마음껏 즐겨라."

철위강이 뿜어내던 위압감과는 차원이 다른 절대자의 목소리였다.

불만에 가득 찬 눈을 하고 있던 이들까지 저절로 허리를 숙이게 하는 힘이 있었다.

"감사합니다."

고민우의 안내를 받은 명진이 모습을 드러내자 철무한이 먼저 목소리를 냈다.

"늦지 않았군."

명진이 고개를 끄덕이며 계획을 물었다.

"어떻게 할 거지?"

"이 시간에 부른 걸 보면 뻔하지 않겠나? 당연히 야습이지."

철무한의 말에 명진이 무언가 마음에 들지 않는다는 얼굴로 주위를 돌아봤다.

여느 때와 달리 패천성은 대낮처럼 환하게 밝혀져 있었기 때문이다.

야습을 하기에 적당하지 않다고 생각했다.

"너무 밝은데?"

"당연하지. 다들 술 마시고 놀기 바쁘니까."

"응?"

의문을 표하는 명진을 보며 철무한이 히죽 웃음을 보였다.

"내일부터 평천대전이거든. 대전이 시작되면 비무대회부터 시작해서 다들 정신이 없으니까 시작 전에 먹고 마시며 즐기는 거다."

경험이 없는 명진으로서는 언뜻 이해하기 어려운 말이었다. 그러나 한 가지는 확실하게 알아들었다.

"경계가 느슨해진다는 말이군."

"맞다. 그래서 오늘이 기회라고 한 거고."

명진이 고개를 끄덕였다.

"연아는 어디 있지?"

"장로전."

"바로 시작하면 되나?"

명진의 물음에 철무한이 고개를 돌려 고민우를 쳐다봤다.

"이제 막 시작이라…… 반시진에서 한 시진 정도는 기다려야 할 것 같습니다."

다시금 시선을 옮겨 명진을 바라보는 철무한.

"그렇다는군."

"알겠다."

명진이 고개를 끄덕이더니 구석으로 가서 가부좌를 틀었다.

철무한이 미묘한 감정을 담은 눈빛을 발하며 입을 열었다.

"여기서 운기를 하겠다고?"

"명상이다."

"명상? 그걸 여기서 하겠다고?"

"하면 안 되나?"

"그건 아니지만……."

철무한이 말끝을 흐리며 명진이 보란 듯이 주위를 둘러봤다. 왁자지껄한 소란스러움이 가득했다.

명진이 고개를 저었다.

"이 정도는 괜찮다. 이보다 더 시끄러운 곳에서도 한 적이 있으니까."

철무한이 눈을 동그랗게 떴다.

"거기가 어딘데?"

"용봉관."

그 말을 끝으로 명진이 눈을 감아 버렸다.

임무일이 황당하다는 얼굴로 명진을 쳐다보다가 철무한에게 말했다.

"용봉관은 대체 뭐하는 데야? 모용기도 그렇고, 저 녀석도 그렇고…… 이거 이상한 놈들만 잔뜩 몰려 있는 거 아냐?"

철무한이 어깨를 으쓱했다.

"나도 거긴 가 본 적 없어서 몰라."

그리고는 명상을 하고 있는 명진의 옆으로 다가가더니 그 옆에 주저앉아 가부좌를 틀었다.

임무일이 눈매를 좁혔다.

“너 뭐 하는 거냐?”

“명상.”

“명상? 그걸 여기서 하겠다고?”

철무한이 고개를 까딱거리며 명진을 가리켰다.

“얘도 하는데?”

“야, 그건…… 재야 이미 해 봤으니까 하는 거고 넌 해 본 적 없잖아.”

“지금부터 하면 되는 거다. 하다 보면 늘겠지.”

“그걸 왜 꼭 지금…….”

그러나 철무한은 명진이 그랬던 것처럼 눈을 감아 버렸다.

임무일이 황당하다는 눈을 하다가 문득 들려오는 발소리에 미간을 좁히며 시선을 돌렸다.

혁련강이 철무한의 옆에 가서 털썩 주저앉더니 눈을 감았다.

임무일이 한숨을 푹 쉬다가 재빨리 시선을 들어 고민우와 정주형을 찾았다.

“야, 야.”

철무한에게 다가가려던 정주형과 고민우가 엉거주춤한 몸짓으로 임무일을 돌아봤다.

정주형이 고민우보다 먼저 입을 열었다.

"왜?"

임무일이 고개를 저었다.

"니들은 하지 마라."

"응? 왜?"

"하지 말라면 하지 마, 이 새끼야!"

누군가 어깨를 건드리는 느낌에 명진이 눈을 번쩍 떴다.

철무한이 명진과 시선을 맞추며 입을 열었다.

"이제 가자."

명진이 주위를 살피며 귀를 기울였다. 소란스러움이 이전보다 배가 된 것 같았다. 광란의 밤이 시작된 것이다.

명진이 고개를 끄덕이며 자리에서 일어서자 임무일이 무언가를 내밀었다.

"이건……?"

"뒤집어써. '내가 무당의 명진이다.' 하면서 자랑하고 다닐 게 아니면."

복면을 건네받은 명진이 못마땅하다는 기색을 보였으나, 철무한마저 복면을 쓰는 모습에 어쩔 수 없다는 얼굴로 자신 역시 복면을 착용했다.

철무한이 고개를 까딱했다.

"가자. 날 따라오면 된다."

그리고는 철무한이 어둠 속으로 녹아들었다.

덩치는 커다란 주제에 어렵지 않게 다른 이들의 눈을 피하는 철무한이었다.

"흠…… 제법."

사각을 파고드는 감각적인 몸놀림에 뒤를 따르던 명진이 은근히 감탄한 기색이었다.

작은 소리를 용케 놓치지 않은 정주형이 명진을 쳐다봤다.

"우리 공자님 대단하지? 저 덩치에 저렇게 은밀하게 움직일 줄 아는 건 우리 공자님이랑 성주님밖에 없다고."

어깨를 들썩이는 정주형을 보며 고민우가 정주형을 툭 쳤다.

"목소리 낮춰. 이제 장로전이다."

고민우의 잔소리에 복면 사이로 드러난 정주형의 눈매가 찌푸려졌다. 그러나 더 이상 말은 하지 않고 철무한의 뒤를 따르는 것에 집중했다.

어둠과 어둠 사이로 움직이던 이전과는 달리, 장로전의 담장을 훌쩍 뛰어넘은 이후로는 전각의 지붕을 타며 이동했다.

그리고 얼마 지나지 않아 목표했던 전각이 모습을 드러내자 철무한이 지붕 위에 납작 엎드렸다.

상황을 보던 철무한이 뒤쪽에서 납작 엎드리고 있는 명진을 향해 손짓했다.

명진이 지붕 위에 납작 엎드린 자세로 소리 없이 이동하며 철무한의 곁으로 바짝 붙더니 목소리를 냈다.

"왜?"

명진의 질문에 철무한이 짧게 대꾸했다.

"둘. 하나씩 잡는다."

명진이 철무한의 손가락을 따라갔다.

전각의 입구를 지키는 무사가 둘이었다. 철무한의 말대로 하나씩 잡아도 무리가 없겠지만 명진은 고개를 저었다.

"나 혼자 하지."

철무한의 방식은 은밀하지만 시간이 너무 오래 걸린다. 일반 무사 둘을 상대로 굳이 그럴 이유가 없어 보였다.

"아니, 그러지 말고 조용히 처리하려면…… 어?"

철무한이 눈을 동그랗게 떴다.

명진의 신형이 흐릿해지더니 허름한 건물을 지키는 무사들의 뒤로 불쑥 모습을 드러낸 것이다.

털썩! 털썩!

힘없이 무너진 무사들을 발밑에 두고 명진이 지붕 위를 쳐다봤다.

"내려와라."

목소리는 들리지 않았지만 입모양만으로 의미를 짐작한

철무한이 훌쩍 몸을 날렸다.

"그래도 명색이 패천성의 정식 무사들인데……."

철무한이 쓰러진 무사들을 내려다보며 얼굴을 찡그렸다.

임무일이 철무한의 옆에 서서 쓰러진 무사들을 내려다봤다.

"이 아저씨들도 원래 밥값은 한다고. 상대가 나빴던 거지. 저기 강이 봐. 눈 동그랗게 뜨고 있는 거. 이 아저씨들 잘못이 아니야."

명진을 쳐다보며 눈을 동그랗게 뜨고 있던 혁련강이 흠칫 몸을 떨었다.

임무일이 픽 웃더니 앞으로 나서며 허름한 건물의 문을 열었다.

끼이익 하며 신경을 거슬리게 하는 소리와 함께 시커먼 어둠이 그들을 반겼다.

"여긴 불도 안 켜나?"

임무일의 중얼거림에 철무한이 주위를 휘휘 둘러봤다. 그 의미를 알아챈 정주형이 냉큼 달려가 횃불 하나를 주워 왔다.

정주형이 히죽 웃으며 앞장섰다.

"가시죠."

철무한이 고개를 끄덕이며 정주형의 뒤를 따랐다.

퀴퀴한 곰팡이 냄새와 더불어 기분 나쁘게 습한 공기에 눈살을 찌푸리고 있던 철무한은 문득 이상하다는 느낌을 받았다.

철무한이 고민우를 돌아봤다.

"근데…… 감옥이라는 게 원래 이렇게 텅텅 비어 있어?"

단단한 쇠창살은 수도 없이 많은데 정작 갇혀 있는 사람이 없었다.

"글쎄요……."

철무한과 비슷한 느낌을 받은 고민우가 미간을 좁히는데 앞장서 나가던 정주형이 뒤돌아보며 손짓을 했다.

"여기에요, 여기."

철무한 등의 발걸음이 급해졌다.

그리고 드디어 찾아낸 안희명과 제갈연.

제갈연은 한쪽 구석에서 잔뜩 몸을 웅크리고 있었고, 안희명은 가부좌를 튼 채 담담한 얼굴로 철무한을 쳐다보고 있었다.

"할아버지."

철무한의 목소리에 반가움이 묻어났다.

그러나 안희명의 얼굴은 어딘가 탐탁지 않아 보였다.

"무한아."

"예. 예?"

언짢은 기색이 묻어나오는 안희명의 목소리에 철무한이 조금은 당황한 기색을 보였다.

그에 아랑곳하지 않고 안희명이 말을 이었다.

"네가 나중에 성주가 되면 말이다, 군사는 꼭 두거라. 그리고 군사가 시키는 대로만 하거라. 내 말 무슨 뜻인지 알겠느냐?"

"예? 갑자기 군사는 왜……."

철무한이 눈알을 또르르 굴렸다.

그때 어두운 곳에 저벅저벅 소리가 들리기 시작하더니 사영명이 모습을 드러내며 히죽 웃음을 보였다.

"왜긴 왜야? 네 머리가 나쁘니까 머리 좋은 놈 말만 들으라는 거잖아. 저 영감 말뜻 모르겠어?"

명진이 제갈연을 돌아봤다.

"괜찮나?"

어느새 구석에서 기어 나온 제갈연이 고개를 끄덕였다.

"예, 근데……."

제갈연이 불안하다는 얼굴로 사영명, 그리고 뒤따라 어둠 속에서 모습을 드러내는 호삼곡과 마장도를 쳐다봤다.

명진이 제갈연의 시선을 따라가며 검을 뽑았다.

스르렁.

불빛이 비쳐 선홍색으로 일렁거리는 검신이 모습을 드러내자 호삼곡이 이를 갈았다.

"빌어먹을 애새끼가 겁대가리 없이……."

그러나 마장도가 턱하니 손을 올리며 호삼곡을 가로막았다.

"왜?"

"소란 피워서 좋을 게 없으니까."

호삼곡이 마음에 들지 않는다는 얼굴을 했다.

"그래도 될 것 같은데…… 자네는 뭐 할 말 없나?"

호삼곡이 사영명에게 도움을 요청했다.

그러나 사영명은 픽 웃음을 흘리며 고개를 저었다.

말을 해서 통할 녀석들이었다면 애초에 이곳까지 쳐들어올 생각을 하지 못했을 것이다.

"쓸데없는 짓. 굳이 말릴 이유가 없지."

그러나 마장도는 못 들은 체하며 한 걸음 앞으로 나섰다.

그리고는 잔뜩 긴장한 얼굴의 철무한과 시선을 맞추며 입을 열었다.

"소성주, 굳이 검을 맞댈 이유가 있겠습니까? 저 아이를 넘겨주시지요."

마장도가 명진을 턱짓했다.

철무한이 얼굴을 찡그리다가 무슨 생각이 들었는지 갑자기 입꼬리를 추켜올렸다.

"그렇지. 굳이 검을 맞댈 이유는 없지."

정주형이 당황한 얼굴로 철무한을 쳐다봤다.

"고, 공자님!"

그러나 철무한은 여전히 마장도를 쳐다보며 말을 이었다.

"그래서 말인데, 마 장로가 길을 열어 주는 건 어떨까?"

다른 생각을 하는 철무한을 보며 마장도가 한숨을 내쉬었다.

"그럴 수는 없습니다."

"그러지 말고. 어차피 이 친구들 데려가 봐야 아무것도 못 해. 캐 봐야 나올 게 없으니까. 괜히 무당과 제갈세가만 건드리는 꼴이 되지 않겠나? 그건 성에 있어서도 좋지 못한 일이지. 제갈세가야 그렇다 쳐도 무당은 껄끄러운 상대니까. 그렇지 않아?"

"그렇습니다."

마장도가 선선히 고개를 끄덕였다.

말이 먹히기 시작하자 철무한이 헤실거리며 웃음을 보였다.

"그러니까……."

"그럴 수 없습니다."

철무한이 말을 시작하기도 전에 마장도가 단호하게 고개를 저었다.

철무한이 황당하다는 얼굴로 입을 뗐다.

"그, 그러니까 내 말이……."

"저 계집아이를 보내 달란 말 아닙니까? 그럴 수는 없습니다."

철무한이 얼굴을 확 구겼다.

사영명이 득의양양한 얼굴로 호삼곡을 쳐다봤다.

"봤지? 헛짓거리라니까."

사영명의 가벼워 보이는 태도에 호삼곡이 눈살을 찌푸렸다. 그러나 곧 명진을 노려보며 히죽 웃음을 보였다.

"네 녀석이 빠져나갈 구멍은 없어 보이는구나."

그 순간 명진이 툭 바닥을 찍었다.

아무런 예고가 없는 기습.

"건방진 새끼! 죽어!"

호삼곡은 이미 예상이라도 했다는 듯이 침착한 얼굴로 일장을 뻗어 냈다.

세찬 장력이 명진의 검을 막아섰다.

이전처럼 갈라내기는 무리라는 것을 한눈에 알아봤다.

명진의 검이 갈대처럼 휙휙 휘어졌다. 동시에 명진의 신형도 검을 따라 움직이며 잔상을 남겼다.

"어?"

떨쳐낸 장력이 명진을 잡아내지 못하는 모습에 호삼곡이 당황하는 찰나.

명진의 검이 왼쪽에서 불쑥 튀어나오며 그의 뺨을 노렸다.

"젠장!"

팡!

호삼곡이 급하게 장력을 뽑아내며 한 걸음 물러섰다.

정주형이 눈을 동그랗게 뜨고 명진을 쳐다보며 말했다.

"재 또 늘었는데요?"

"으음……."

정주형의 말에 철무한이 저도 모르게 신음성을 흘렸다.

'미친…… 조금 따라잡았나 싶었더니…….'

한눈에 알아볼 정도로 하루하루가 지날수록 몰라볼 정도로 실력이 늘었다.

조금 간극을 좁혔다 싶었는데 여지없이 기대를 깨 버리는 모습이었다.

'벌집 건드리는 게 도움이 되나 본데, 나도 벌집이나 찾아볼까?'

눈알을 굴리던 철무한은 이내 고개를 젓고 말았다.

지금은 더 급한 일이 있었기 때문이다.

"뭐 해? 쳐!"

41 章.

참룡 회귀록

斬龍回歸錄

41章.

고진이 태연한 얼굴을 가장하고 있지만 어딘가 눈치를 보는 기색의 안호석을 힐끔거렸다.

임한상 역시 안호석의 그러한 기색을 알아채고는 고진을 향해 속닥거렸다.

"아무래도…… 모르는 것 같지?"

"그렇겠지. 어르신이 억류되어 있다는 것을 알았다면 저러고 있지 못할 테니까."

"아직 은희를 만나지 못한 건가?"

"그런 것 같아. 도착하자마자 바로 대전으로 온 것 같더라고."

고진의 말에 임한상이 눈알을 또르르 굴렸다.

"슬쩍 찔러보는 게 좋겠지?"

"아무래도…… 워낙 계산에 집착하는 놈이라 돌아설지 아닐지는 모르겠지만, 한번 흔들어 보는 것도 좋겠지."

때마침 자리에서 일어서는 안호석을 보고 임한상 역시 자리에서 일어섰다.

"내가 가 보지."

"너무 자극하지는 말고."

임한상이 고개를 끄덕이며 태연하게 걸음을 옮겼다.

강남 지방의 전통 음악이 울려 퍼지는 가운데 무희들이 각 주인들의 시선을 붙잡고 있어 눈길을 끌지 않을 수 있다는 것이 다행이었다.

개중에는 임한상의 움직임을 알아챈 이도 있었지만 이미 대세는 결정되었다 생각한 터라 굳이 관심을 줄 이유가 없다는 것도 한몫했다.

대전을 나선 임한상이 어디론가 걸음을 옮기고 있는 안호석을 급히 낚아챘다.

"이보게."

안호석이 고개를 갸웃거리며 임한상을 돌아봤다.

"왜 그러나?"

임한상이 주위를 슥 둘러보더니 한층 목소리를 낮췄다.

"왜 그러긴. 내가 다른 볼일이 있겠나?"

안호석이 얼굴을 찡그렸다.

“그 얘기라면 이미 무한이와 다 했네.”

“그…… 상황 보고 도와주겠다는 거? 그게 무슨 도와주는 건가? 눈치만 보겠다는 거지.”

“눈치 챘나?”

“그걸 어떻게 모를 수가 있겠나?”

“무한이 녀석은 그 정도로도 좋아하던데.”

“그건 그 녀석이 생각을 안 해서 그런 거고. 아니면 자네가 어떻게든 분위기를 잡고 무슨 수를 썼겠지.”

안호석이 픽 하며 웃음을 흘렸다. 임한상이 제법 상황을 짚은 것이다.

그러나 임한상이 원하는 답은 여전히 들려줄 수가 없었다.

“그래도 내가 할 수 있는 건 거기까지일세. 더는 힘들어.”

안호석은 조심스럽게 임한상의 얼굴을 살피며 부정적인 의견을 피력했다.

그러나 그의 예상과는 달리 임한상의 얼굴에는 여유가 가득했다.

원인 모를 상황에 안호석이 의아한 얼굴을 하는 그때, 임한상이 불쑥 입을 열었다.

“자네, 은희 만나 봤나?”

“은희? 은희는 왜?”

"묻는 말에 먼저 대답하게. 은희 만나 봤나?"

임한상의 재촉에 안호석이 얼떨떨한 얼굴로 고개를 저었다.

"방금 도착해서 그럴 시간이 없었지. 그런데 은희는 왜 찾는 건가?"

"그거야 자네가 알아야 할 것이 있으니까?"

"내가 알아야 할 것?"

안호석이 눈을 또르르 굴렸다.

임한상이 히죽 웃음을 보이다가 드디어 본론을 꺼내려는 찰나.

쾅!

대전 앞 광장에 시커먼 물체가 뚝 떨어져 내리더니 폭음이 터져 나왔다.

"뭐, 뭐야?"

"어떤 자식이!"

조금은 당황한 기색을 하는 안호석을 대신해 임한상이 손을 휙 그었다.

강력한 기파가 휙 뻗어 나가며 둘을 덮치려는 흙먼지를 쭉 밀어냈다.

조금 시간이 지난 후에 먼지가 가라앉으며 모습을 드러낸 사영명이 이를 갈며 소리쳤다.

"이 빌어먹을 영감탱이가!"

임한상이 눈을 동그랗게 떴다.

"사영명? 저 자식이 왜…… 아니, 그 전에 누가 있어 저 자식을……."

안호석 역시 임한상과 비슷한 얼굴로 고개를 갸웃거렸다.

"영감탱이?"

그 순간 불쑥 담장을 뛰어넘는 악동 같은 미소를 짓는 노인.

안희명이 새파란 빛무리를 머금은 양손을 사영명에게 쭉 내밀었다.

"우히히! 이 아저씨랑 노는 거 재밌어!"

"젠장! 난 재미없다고!"

쾅!

사영명이 주르륵 밀려났다.

"큭!"

울컥 치솟는 핏물을 억지로 가라앉히는 사영명을 보며 비로소 상황을 알아챈 안호석이 당황한 얼굴을 감추지 못하고 소리를 질렀다.

"아버지!"

여기저기 옷이 찢어진 채 낭패한 행색을 한 정주형이 침을 꿀꺽 삼켰다.

"공자님, 저거……."

철무한이 고개를 저었다.

"입 다물어. 오래 살고 싶으면……."

정주형이 흠칫 몸을 떨며 침을 꿀꺽 삼켰다. 그러나 이내 눈알을 또르르 굴렸다.

"그럴 필요가 있나?"

조금 시간이 지나면 사람들이 죄다 몰려들 터였다. 벌써 철자강을 필두로 각 기둥의 주인들이 대전을 박차고 나온 상태였다. 소문이 퍼지는 것은 막을 수가 없을 것이다.

그러나 심각한 얼굴을 하는 철무한의 말에 토를 달지는 못하고 고민우에게 업혀 있는 제갈연에게 슬며시 붙으며 속닥거렸다.

"제갈 소저, 어르신이 갑자기 왜 저러시는 겁니까?"

"그게 저도 잘……."

제갈연이 난처한 얼굴로 고개를 저었다. 이유를 모르는 것은 그녀 역시 마찬가지였기 때문이다.

명진과 철무한 일행이 사영명 등과 맞부딪치기 시작하자 급하게 혈을 뚫는다고 운기를 하는가 싶더니 갑자기 돌변했기 때문이다.

제갈연에게 더 얻을 것이 없어 보이자 정주형은 다시 철무한을 쳐다봤다.

"이제 어쩌죠?"

그러나 대답이 필요 없는 질문이었다. 마장도가 불쑥 튀어나오며 철무한 등을 막아섰기 때문이다.

철무한이 어깨를 들썩였다.

“이 상황에서도 계속해야 해?”

“제갈가의 계집아이를 주신다면 하지 않아도 될 것 같습니다.”

철무한이 쩝 하고 입맛을 다시더니 구룡도를 세웠다.

“계속하자.”

정주형과 고민우가 덩달아 긴장하며 어깨에 힘이 들어갔다.

패천성의 장로라는 무게감이 어느 정도인지는 장로전에서 치른 잠깐의 싸움만으로도 충분히 알 수 있었기 때문이다.

다 같이 덤벼도 쉽지 않은 상대였다. 그나마 철무한의 실력이 제법 올라와서 그것이라도 가능한 것이지, 예전이었다면 자신들은 벌써 바닥에 드러누웠을 것이다.

그러나 임무일의 생각은 조금 달랐다. 임무일이 목소리를 낮췄다.

“너희들은 눈치 보고 튀어.”

“뭔 소리야? 우리가 왜?”

“맞다. 우리가 왜 그래야 하지?”

정주형으로 부족해 고민우까지 얼굴을 찌푸렸다.

임무일은 자연스럽게 둘을 지나치며 속닥거렸다.

"마 장로 말 못 들었어? 제갈 소저가 문제야. 제갈 소저만 없으면 아무 일도 없을 거라고."

계산이 빠른 고민우가 먼저 그의 말에 반응하며 입을 다물었다.

오래지 않아 정주형 역시 말뜻을 알아챌 수 있었지만 여전히 못마땅하다는 얼굴이었다.

"그럼 자기가 갈 것이지."

임무일은 정주형의 불만을 못 들은 체하며 철무한에게 다가섰다.

철무한이 여전히 마장도를 주시하며 속닥거렸다.

"잘했다."

"잘한 건지 아닌지는 붙어 봐야 아는 거고. 마 장로 못 막으면 다 헛수고인 건 알지?"

"막을 거다. 걱정할 것 없다."

물끄러미 쳐다보던 마장도가 픽 웃으며 입을 열었다.

"괜히 힘 빼지 마시지요. 어차피 못 빠져나갑니다."

"그건 해 봐야 아는 거고……."

말끝을 흐리던 철무한이 슬며시 시선을 돌렸다.

멀리 장로전에서는 여전히 두 개의 검은 그림자가 빠르게 움직이고 있었다.

철무한이 다시 마장도를 쳐다봤다.

"적어도 밥값은 해야겠지. 그래도 패천성의 철무한, 정무맹의 명진인데……."

철무한이 말을 하는 도중 불쑥 도를 뻗었다.

쾅!

벌떼를 상대하는 것도 좋았지만, 그 짓도 몇 번 하다 보면 긴장감이 사라지는 것은 마찬가지였다. 역시 실전이 최고라는 생각이 들었다.

조금은 긴장이 되면서도 온몸을 자르르 떨치게 만들 정도로 흥분되는 기분.

명진의 몸놀림은 생기가 맴도는 것 같았다.

"죽어 이 새끼야!"

그러나 호삼곡은 다른 생각인 것 같았다.

얼굴을 찌푸린 채 마구잡이로 장력을 뿌렸다. 자신이 원하는 대로 싸움이 진행이 되지 않자 잔뜩 화가 난 얼굴이었다.

쉭!

명진의 검이 호삼곡의 장력과 맞부딪치는가 싶더니 갑자기 휙 휘어지며 아래쪽으로 파고들었다.

"씨발! 무슨 연검도 아니고……."

빠른 것도 빠른 것이지만 움직임을 예측할 수가 없다는 것이 더 큰 문제였다.

갈대처럼 낭창낭창 휘어지며 모조리 피해 내고는 역공을 가해 오는 것이 상당히 위협적이었다.

쉭!

또다시 명진의 검이 측면으로 휘어져 들어왔다.

명진을 밀어낼 생각으로 장력을 뿜어내던 호삼곡의 반응이 한 박자 늦었다.

서걱 하며 앞섶이 툭 떨어져 내렸다.

"젠장!"

급하게 뒷걸음질 치는 호삼곡.

때마침 불어온 바람에 그의 장포가 펄럭이며 요동쳤다.

호삼곡이 얼굴을 잔뜩 구긴 채 장포를 북북 찢어 냈다.

그리고는 명진과 시선을 맞추며 이를 갈았다.

"애새끼라고 적당히 하려고 했더니……."

호삼곡이 얼굴을 차갑게 굳히더니 내력을 끌어올렸다.

그리고는 거머리처럼 따라붙는 명진의 검을 향해 일장을 뻗어 냈다.

쉭!

호삼곡이 뿜어내는 장력에서 날카로운 파공성이 울려 퍼졌다. 이전과는 다른 위협적인 소리에 명진이 움찔 몸을 떨었다.

"음……."

여지없이 휙 돌아가는 검에 저도 모르게 신음성을 흘리며 급하게 뒷걸음질 쳤다.

그 뒤를 그림자처럼 따라붙는 호삼곡의 장력.

위협적인 소리를 쏟아 내는 호삼곡의 장력에 명진이 연신 뒷걸음질 치며 피해 내기에 바빴다.

선수가 뒤집어진 것이다.

명진이 얼굴을 찡그렸다.

"이런……."

그리고 명진의 낭패함을 알아본 호삼곡이 쾌재를 불렀다.

'그럼 그렇지!'

쉬! 쉬!

명진이 그랬던 것처럼 숨 쉴 틈을 주지 않고 몰아붙이는 호삼곡이었다.

"어린놈의 새끼가! 죽여 버린다!"

호삼곡이 서러움을 풀기라도 하겠다는 듯이 장력에 기세를 높였다.

초식의 정교함 따위는 찾아볼 수 없는, 오로지 힘에 의지한 공격.

단순하긴 했지만 명진이 가장 상대하기 어려운 방식이었다. 점차 손발이 꼬이는 것은 자신도 제어할 수가 없는 것처럼 보였다.

그리고 그 틈을 파고든 호삼곡의 일장이 명진의 왼쪽 어깨를 후려쳤다.

퍽!

"윽!"

명진이 통증을 참지 못한 채 비틀거렸다.

그러나 호삼곡은 여전히 명진의 사정 따위는 안중에도 없어 보였다.

'끝을 봐야지.'

특히 명진처럼 성장세가 빠른 녀석은 더더욱 그렇다.

패천성 소속일지라도 자신의 손이 닿는 곳이면 싹을 잘라 버렸을 터인데, 정무맹 소속이라면 두말할 것도 없었다.

쉬! 쉬!

또다시 좌우에서 명진을 노리는 호삼곡의 장력.

명진이 이를 악물더니 억지로 검을 들었다. 그리고는 좌우로 날아드는 호삼곡의 장력을 피해 뒤로 물러서기보다는 오히려 한 걸음 불쑥 치고 들어왔다. 통증 때문에 반응이 늦어진 터라 물러서며 호삼곡의 장력을 피해 내기에는 무리가 있었기 때문이다.

그러나 축 늘어진 왼쪽 어깨 때문인지 미묘하게 균형이 무너져 있었다.

그것을 확인한 호삼곡이 쾌재를 불렀다.

"이제 끝내자!"

호삼곡이 자신의 공간에 갇힌 명진을 확인하고는 불쑥 일장을 떨쳐 냈다. 연달아 펼쳐 내는 장력이라 조금 세가 약하긴 했지만 상관없다 생각했다.

그러나 그것이 실책이었다.

통증으로 조금은 흐릿해져 있던 명진의 눈동자가 순식간에 또렷함을 되찾더니 불쑥 검을 찔러 넣은 것이다.

"흥! 발악이라도…… 어라?"

푹!

호삼곡이 자신의 등 뒤로 삐죽 튀어나온 명진의 검을 보고 이해할 수 없다는 얼굴로 눈만 끔뻑거렸다. 그러다가 명진의 검에서 흐릿하게 빛을 발하고 있는 것을 확인할 수 있었다.

"……검기?"

미약하긴 했지만 분명히 검기였다. 만일 그게 아니었다면 자신의 장력을 갈라내지도 못했을 것이다.

그러나 호삼곡은 여전히 이해할 수 없다는 얼굴을 했다.

"네, 네가 어떻게 검기를…… 쿨럭!"

뒤늦게 목구멍에서 핏물이 왈칵 치솟아 올랐다.

명진이 검을 쑥 뽑아냈다.

지지대가 없어진 호삼곡이 그대로 무너져 내렸다.

털썩!

바닥에 쓰러져 미약하게 꿈틀거리던 호삼곡의 움직임이 조금씩 멎어 갔다.

이윽고 그의 움직임이 멈추고, 그제야 피가 묻은 자신의 검을 내려다보는 명진.

검 끝에서부터 시뻘건 벌레들이 꿈틀꿈틀 기어 올라오는 듯한 느낌이었다.

철장방에서도 경험한 적이 있었지만, 여전히 적응이 되지 않는지 치가 떨리는 듯한 얼굴이었다.

그러나 어금니를 악물고는 고개를 휘휘 저어 얼른 불쾌한 감정을 털어 냈다.

'지금은 아냐.'

그리고는 억지로 시선을 들어 주변을 둘러봤다.

주변을 둘러싸고 있던 패천성의 무사들이 명진의 시선을 받고는 움찔 몸을 떨었다.

한 차례 주위를 돌아보며 무사들이 바짝 얼어 있는 모습을 확인한 명진은 더 이상 신경도 쓰지 않고 자신의 왼팔을 내려다봤다.

'이대로는 움직이기 어렵겠군.'

계산이 선 명진이 장포를 북 찢어 내더니 자신의 왼팔을 단단히 고정했다.

그리고는 지체 없이 바닥을 콱 찍었다.

불쑥 튀어 오르는 명진을 보고 뒤늦게 정신을 차린 패천성의 무사들이 그제야 소리를 질렀다.

"뭐 해? 잡아!"

❖ ❖ ❖

쾅!

안희명의 일수를 가슴에 허용한 사영명이 허공에 붕 뜨더니 쿵 소리를 내며 철위강의 앞으로 떨어졌다.

우수수 피어오르는 먼지에 눈살을 찌푸리던 철위강은 사영명에게 시선도 주지 않고 안희명을 노려봤다.

"어르신! 이게 대체 무슨 짓입니까?"

내력을 실은 목소리가 강력한 기파를 동반하며 자신의 앞에 피어오르려는 흙먼지를 훅 밀어냈다.

쓰러진 사영명을 보며 헤실거리는 얼굴을 하던 안희명이 훅 밀려나는 먼지를 보고 두 눈을 반짝였다.

"어? 이 아저씨……."

"어르신, 아저씨라니…… 으헛!"

철위강이 기겁을 하며 손을 들었다.

쾅!

길게 선을 남기며 주르륵 밀려난 철위강.

철위강이 욱신거리는 오른손을 탁탁 털어 내며 안희명을 노려봤다.

"이게 무슨 짓입니까? 성과 척이라도 지실 생각이십니까?"

그러나 안희명은 여전히 두 눈을 말똥말똥하게 뜨며 헤실거릴 뿐이었다.

"성? 그게 뭔데? 난 그냥 아저씨랑 놀면 재밌을 것 같아서 같이 놀자는 건데?"

"같이 놀…… 아요?"

철위강이 미간을 좁혔다.

그때, 안절부절못하던 안호석이 얼른 앞으로 나섰다.

"아버지! 또 왜 이러십니까? 여긴 집이 아니라 패천성이라고요! 여긴 또 어떻게 오셔 가지고……."

안호석이 울상을 하며 안희명의 팔을 낚아챘다.

평소라면 손도 대지 못했을 테지만 어쩐 일인지 안희명이 순순히 팔을 내줬다. 그리고는 조금은 반가움이 깃든 얼굴로 안호석을 쳐다봤다.

"어? 이 아저씨…… 아저씨, 나 알지? 아저씨 나 찾아온 거야?"

"아이고, 아버지. 아저씨라니요?"

"나 아저씨 아버지 아닌데…… 그리고 아저씨는 아저씨 맞는데. 어쨌든 나 찾으러 온 거야? 우리 엄마, 아빠가 나 찾아오래?"

"아버지, 왜 또 이러세요? 이러시지 말고 일단 집으로 가서……."

안희명이 샐쭉한 얼굴로 안호석을 밀어냈다.

"싫다니까!"

"윽!"

가볍게 팔을 흔든 것뿐이지만 안호석은 세 걸음이나 물러서고 나서야 안희명의 힘을 해소할 수가 있었다.

"어? 이 아저씨도 세네?"

안희명이 재밌는 장난감이라도 찾았다는 얼굴로 눈을 반짝였다.

그러나 이내 고개를 휘휘 젓고는 철위강에게로 시선을 돌렸다.

"그래도 저 아저씨가 더 재밌을 것 같은데."

그리고는 히죽 웃음을 보이더니 철위강에게 휙 몸을 날렸다.

두 사람의 모습을 멀뚱멀뚱 쳐다보고 있던 철위강이 불쑥 튀어나오는 안희명의 시커먼 손을 보고는 또다시 기겁을 했다.

"으헉!"

쾅!

철 씨 가문의 단목수와 안희명의 응조공이 맞부딪치며 폭음이 터져 나왔다.

그러나 여전히 손해를 보는 것은 철위강이었다.

"우웩!"

주르륵 밀려난 철위강이 왈칵 피를 토해 내는데 안희명이 여지없이 따라붙으며 손을 휘둘렀다.

"에이, 이 아저씨 이 정도 가지고. 제대로 좀 해 봐. 이래서는 재미가 없잖아."

짤랑짤랑한 목소리가 위협적으로 다가왔다.

시커먼 손아귀가 불쑥 튀어나오자 눈앞이 까맣게 물드는 것만 같았다.

철위강이 이를 악물고 억지로 손을 드는 순간.

사영명의 하얀 도신이 둘 사이로 끼어들었다.

쾅!

"큭!"

이번에는 안희명이 주르륵 밀려났다.

사영명이 이를 갈며 안희명을 노려봤다.

"이 빌어먹을 영감탱이! 어디서 한눈을 팔아? 나랑 끝까지 해야지!"

"어라? 이 아저씨 아직도 움직이네? 근데 아저씨 손에 힘 빠졌어. 그냥 저리 가서 쉬다가……."

"닥쳐!"

사영명이 버럭 소리를 지르며 거리를 좁혀 갔다.

그 순간 안희명이 진각을 밟았다.

쿵!

강력한 울림에 자잘한 돌 부스러기며 흙먼지가 우수수 튀어 올랐다.

"잔재주를!"

사영명이 도를 훽 그었다.

뿌옇게 시야를 가리던 흙먼지가 툭 잘라지는 그 순간, 안희명이 얼굴을 드러내고는 손을 휙 내저었다. 주먹만 한 돌멩이 하나가 사영명의 눈앞에서 불쑥 튀어나왔다.

"어? 자, 잠깐!"

퍽!

"악!"

사영명이 피를 뿜으며 튕겨져 나갔다.

안희명이 멍청한 얼굴을 하고 있던 철위강과 시선을 맞추며 히죽 웃었다.

섬뜩한 느낌에 순식간에 등이 축축하게 젖은 철위강이 저도 모르게 버럭 소리를 질렀다.

"뭐 해? 죽여!"

피곤한 얼굴로 거처로 들어서는 조희진을 보며 안은희가 얼굴을 찡그렸다.

"이 시간까지 수련하다 온 거야?"

"어쩐 일이야?"

"어쩐 일이긴? 네가 하도 얼굴을 안 보여 주니까 궁금해서 찾아온 거지. 적당히 해, 적당히. 그러다 몸 상한다니까?"

안은희의 말에 조희진이 살며시 미소를 보였다.

"그렇게."

그리고는 뭔가 마음에 들지 않는다는 얼굴로 주위를 휘휘 둘러봤다.

"그런데…… 좀 시끄럽네?"

"그거야 순무대전 전야제니까."

"그렇긴 한데, 오늘따라 유독 더 시끄러운 것 같아서. 어딘가 좀 산만한 거 같기도 하고."

조희진의 말에 안은희가 고개를 갸웃거렸다.

"그런가? 난 잘 모르겠는데."

그러나 조희진은 여전히 뭔가가 마음에 들지 않는 듯한 모습이었다. 그 기색을 알아챈 안은희가 자리에서 일어서더니 조희진의 손목을 잡아챘다.

"정 그러면 나가서 확인해 보면 되지. 나가자."

"하지만 오늘은……."

모두가 술에 취해 제정신이 아니다 보니 사건 사고가 많은 날이었다. 가급적이면 엮이고 싶은 생각이 없었다.

"괜찮다니까? 사람들이 술에 취했어도 가릴 건 가린다고. 당장 죽고 싶은 게 아니라면 감히 성에서 우릴 건드리겠어?"

안은희가 조희진을 이끌고 거처를 나섰다.

밖에 나오니 조희진의 말뜻을 확연히 이해했는지 안은희가 미간을 좁혔다. 평소보다 더 산만하고 소란스러웠던 게다.

"확실히 네 말대로 소란스럽긴 하네."

"그렇지? 아무래도 무슨 일이 생긴 것 같지?"

그때 조희진의 등 뒤에서 익숙한 목소리가 끼어들었다.

"왜? 무슨 일인데?"

"응?"

"어라?"

동시에 몸을 돌리던 조희진과 안은희가 눈을 동그랗게 떴다.

"아가씨!"

"소, 소화!"

철소화가 예전과 다름없이 헤실거리는 얼굴로 둘에게 다가갔다.

"언니들 오랜만."

철소화가 귀엽게 손을 들었다.

안은희가 철소화의 손을 덥석 붙잡았다.

"어떻게 된 거야? 너 몸은 괜찮은 거야?"

"어? 그, 그게……."

철소화가 당황한 얼굴로 슬며시 손을 빼려 했다.

그러나 제 뜻은 이루지 못하고 오히려 반대편 손마저 조희진에게 내줘야 했다.

"아가씨, 이게 어떻게 된 일이에요? 몸은 괜찮으세요?"

철소화가 곤란하다는 얼굴로 시선을 돌리더니 등 뒤에서 물끄러미 쳐다보고 있는 문사 차림의 중년인을 쳐다봤다.

"곡주님, 이 언니들 좀……."

독곡의 곡주 정인훈이었다.

정인훈이 콩 하고 철소화의 머리를 쥐어박았다.

"다 네가 걱정돼서 그러는 것 아니냐? 그러게 왜 그런 사고를 쳐서……."

순간 사태를 파악한 조희진과 안은희가 움찔하더니 얼른 철소화의 손을 놓고는 공손하게 양손을 모았다.

"독곡주님을 뵙습니다."

"숙부님, 오랜만이어요."

"되었다."

정인훈이 손을 저어 둘을 만류하고는 무슨 생각이 들었는지 다시 철소화를 돌아봤다.

"그런데 이 아이들 말대로 조금 소란스럽기는 하구나. 아무래도 무슨 일이……."

"걱정할 것 없어요."

"응?"

"기아 오빠가 갔잖아요. 알아서 할 거예요."

철소화의 말에 정인훈이 픽 웃으며 고개를 끄덕였다.

"그럼 구경이나 하러 가자."

쾅!

마장도의 일 검을 받은 철무한이 주르륵 밀려났다.

검기가 주는 강력한 충격에 울컥 치솟아 오르려는 핏물을 간신히 참아 낸 철무한이 어금니를 악물었다.

"젠장!"

마장도와 붙어 봄으로써 검기를 사용하는 고수는 다르다는 것을 확실히 깨달았다.

셋이서 하나를 상대함에도 감당이 되지 않았다.

순간 혁련휘와의 비무로 조금은 자신감을 가졌던 자신이 창피했다. 자신과의 비무에서 혁련휘가 상당히 많은 부분을 양보했다는 것을 비로소 깨달은 것이다.

'그나마 구룡도가 있어서 다행인 건가?'

패천성의 신물인 구룡도.

아직 도기를 사용하지 못하는 철무한이 마장도의 검기를 받아 낼 수 있었던 것은 전적으로 구룡도에 의지한 덕분이다.

단단하기로는 천하에서 견줄 것이 없다는 절세의 보도가 검기를 상대로 진가를 드러냈던 것이다.

그러나 구룡도는 오로지 하나뿐이다.

"물러서!"

자신에게 치고 들어오는 마장도를 밀어내려 몸을 날리는 혁련강과 임무일은 구룡도에 의지할 수 없었다. 순전히 철무한 자신이 받아 내야만 했다.

"제길!"

철무한이 쿵 소리가 나도록 진각을 밟고는 혁련강과 임무일을 단숨에 앞질렀다.

"어?"

"고, 공자!"

불쑥 튀어 나가는 철무한을 보며 혁련강과 임무일이 당황한 기색을 감추지 못했다.

그러나 철무한은 단 하나에만 집중했다.

"마장도!"

시퍼렇게 날이 서 있는 마장도의 검기.

일단은 불씨를 꺼트려야 했다.

쾅!

"큭!"

검기를 받아 낸 철무한이 그 충격으로 허공에서 재주를 넘으며 물러섰다. 동시에 마장도 역시 한 걸음 물러서며 검을 횡으로 획 그었다.

"젠장!"

"피해!"

혁련강과 임무일은 무언가를 해 보기도 전에 물러설 수밖에 없었다.

자신들은 마장도의 검기를 받아 낼 수 없다는 것을 잘

알고 있었기 때문이다.

접근조차 제대로 하지 못하는 혁련강과 임무일.

여러 차례 검기를 받아 낸 충격으로 내상이라도 입었는지 안색이 파리해진 철무한.

언뜻 보면 마장도가 유리해 보이는 상황이었지만, 마장도는 딱딱하게 굳어진 얼굴을 좀처럼 펼 수가 없었다.

'성가시군.'

철무한의 용천도법을 말함이다.

검기를 두르고 있음에도 기어이 내부로 침투하려는 용천도법의 경력에 오른팔의 감각이 조금씩 무뎌지고 있었다.

마장도가 철무한과 시선을 맞췄다.

"이게 참 어렵군요."

"흐음, 뭐가 말이지?"

"공자님 말입니다. 실력이 상당히 늘었습니다. 예전이라면 좋아할 일이지만……."

말끝을 흐리는 마장도를 보며 철무한이 눈을 빛냈다.

"지금은?"

"난감하군요. 팔 하나는 잘라 내야 제압할 수 있을 것 같아서……."

마장도의 대꾸에 철무한이 픽 하고 웃음을 흘렸다.

"굳이 그럴 건 없고."

철무한이 왼손을 들어 제 목을 쭉 긁는 시늉을 했다.

"깔끔하게 베어 버리라고. 할 수 있다면 말이지."

마장도가 고개를 절레절레 저었다.

"저도 그편이 쉽지만, 아직은 참아야겠지요."

두 사람의 대화를 잠자코 듣고 있던 임무일이 발끈한 얼굴로 목소리를 높였다.

"이 늙은이가 진짜! 우린 뭐 꿔다 놓은 보릿자루인 줄 알아? 우리 정도는 눈에도 차지 않는다 이거야?"

마장도가 발끈하는 임무일과 딱딱하게 얼굴을 굳히고 있는 혁련강을 힐끔 돌아봤다.

'빈틈?'

철무한이 눈을 빛내기가 무섭게 진각을 밟았다.

쿵!

육중한 덩치가 마치 포탄처럼 쏘아져 나갔다.

그러나 마장도는 입꼬리를 추켜올렸다.

'웃어?'

철무한의 얼굴에 의문이 자리할 새도 없이 마장도가 검을 휙 그었다.

쉬!

유형화된 반월형의 검기가 순식간에 거리를 좁히며 철무한에게 날아들었고, 마장도가 바닥을 쿡 찍으며 그 뒤를 이었다.

시간차를 둔 두 개의 공격.

그러나 거의 동시라도 해도 좋을 만큼 두 개의 검기가 철무한을 위협했다.

"젠장!"

철무한이 이를 악물며 도를 들었다.

쾅!

첫 번째 검기가 철무한의 도를 밀어냈다.

임무일과 혁련강이 다급한 얼굴로 몸을 날렸다.

"어? 자, 잠깐!"

"멈춰!"

그러나 마장도의 두 번째 검기가 훨씬 더 빨랐다.

무방비 상태로 젖혀진 철무한의 오른팔을 노리고 날아드는 마장도의 검.

철무한이 하얗게 질린 얼굴로 눈을 질끈 감았다.

서걱!

무언가 퍽 하고 튀는 소리가 들리더니 후드득 떨어지며 철무한의 얼굴을 적셨다.

비릿한 혈향에 철무한이 이를 악물었다.

'이 빚은 꼭…… 응?'

그러나 응당 뒤따라야 할 고통이 없었다. 그리고 오른손에 잡힌 구룡도의 느낌 역시 생생했다.

의아한 상황에, 철무한이 조심스럽게 눈을 떴다.

"큭!"

이윽고 오른팔이 있던 자리에서 피를 콸콸 쏟아 내며 비틀거리는 마장도가 그의 시야에 들어왔다.

철무한이 눈을 동그랗게 떴다.

"어? 그러니까……."

"그러니까는 개뿔! 한심한 자식!"

익숙한 목소리에 철무한이 반사적으로 시선을 돌렸다. 그리고 상대를 확인하고는 저도 모르게 황당하다는 얼굴을 했다.

"어? 너…… 네가 어떻게……!"

빡!

"윽!"

철무한이 얼얼한 뒤통수를 부여잡고 모용기를 노려봤다.

"이게 무슨 짓이야!"

"한심해서 그런다, 자식아."

"내, 내가 뭘!"

"뭐긴 뭐야? 나한테 배운 건 어따 팔아먹고 앞뒤 안 재고 덤비는 예전 버릇 나오는 거. 이건 뭐 가르쳐도 느는 게 없어?"

철무한이 억울하다는 눈으로 모용기를 쳐다봤다.

"야! 그거 얼마나 배웠다고! 고작 한 달도 안 되는 거 가지고……."

"입 안 다물어? 네가 뭘 잘했다고 소리를 질러? 고작 저런 놈한테 처맞고 다니는 주제에."

"안 맞았다고!"

"이걸 확! 너도 운현 닮아 가냐? 어째 하는 말이 그 자식이랑 똑같냐?"

모용기가 검을 치켜들자 철무한이 움찔 몸을 떨었다. 그러나 이내 호기심이 어린 얼굴로 다시 질문했다.

"운현? 운현이 누군데?"

"궁금해? 궁금하면 철전 다섯…… 아, 이게 아니고."

모용기가 고개를 휘휘 내젓다가 이내 주위를 획 둘러봤다.

"야 인마! 왜 이제 와?"

모용기를 보고는 반색을 하는 임무일.

그리고 그 뒤를 따라오며 잔뜩 경계한 기색을 보이는 혁련강.

그러나 둘 모두 모용기의 관심 대상이 아니었다.

모용기가 철무한을 쳐다봤다.

"연아 어디 있어?"

"어?"

"'어?' 가 아니라 연아 어디 있냐고!"

윽박지르는 듯한 모용기의 목소리에 철무한이 움찔 몸을 떨며 반사적으로 시선을 돌렸다.

그 시선을 따라가던 모용기가 그 시선의 끝에서도 소란스러운 기척이 느껴지자 와락 얼굴을 구겼다.

"너 이 새끼! 내가 연아 잘 지키랬지!"

모용기가 버럭 소리를 지르더니 붙잡을 틈도 없이 콱 하고 바닥을 찍었다.

흐릿한 잔상을 남기더니 한순간에 십 장 밖에서 모습을 드러내는 모용기의 뒷모습을 쳐다보며 철무한이 입을 쩍 벌렸다.

"뭐가 저렇게……!"

임무일도 마찬가지였다.

"더 빨라졌……."

철무한이 믿을 수 없다는 얼굴로 한참이나 눈만 깜빡거렸다.

그때 혁련강이 철무한의 옆구리를 콕콕 찔렀다.

"어?"

멍한 얼굴로 시선을 돌리던 철무한이 얼른 입가를 훔쳐 주르륵 흐르던 침을 닦아 냈다.

"흠흠. 왜?"

혁련강이 마장도를 턱짓했다.

"마 장로는 어쩌죠?"

여전히 피를 콸콸 쏟아 내며 창백하게 질린 얼굴의 마장도.

금방이라도 쓰러질 듯 위태위태한 모습이다.

철무한이 난감한 얼굴로 마장도를 쳐다보며 중얼거렸다.

"빌어먹을 자식. 기왕이면 깔끔하게 처리하고 갈 것이지."

❖ ❖ ❖

고민우와 정주형은 쉽사리 전진할 수가 없었다.

어찌어찌 내성은 빠져나왔지만, 외성에서 마주한 흑호대가 그들을 막아섰기 때문이다.

정주형이 난감한 얼굴로 고민우를 쳐다봤다.

"이거 어쩌지?"

그러나 답이 없는 건 고민우 역시 마찬가지였다.

"글쎄……."

정주형이 이제껏 지나온 길을 힐끔거렸다.

"그냥 다시 돌아갈까?"

아무리 독곡의 소곡주인 자신이라도 흑호대를 상대로는 자신이 없었다.

일대일의 싸움이라면 어떻게든 할 수 있다는 자신감이 있었다. 그러나 여럿을 상대하는 것은 엄두가 나지 않을 정도였다.

그것은 고민우 역시 마찬가지였으나 고개를 저을 수밖에 없었다.

"안 돼."

"그렇게 단호하게 말할 게 아니라, 일단 소나기는 피하고……."

"안 된다고. 여기서 되돌아가면 제갈 소저는 어쩌자고?"

고민우의 말에 정주형이 제갈연을 힐끔 돌아보고는 끙 하고 앓는 소리를 냈다.

고민우의 말이 맞았기 때문이다. 여기서 물러설 수는 없었다.

그러나 제갈연의 생각은 조금 다른 것 같았다.

"그럴 것 없어요. 일단 돌아가요."

고민우가 얼굴을 찡그렸다.

"무슨 말입니까? 돌아간다고 해결될 일이 아닙니다."

"적어도 두 분 공자가 다치지는 않겠죠."

"그럼 소저는? 제갈 소저는 어쩌시려고요?"

"저야 원래 있던 곳으로 돌아가는 건데요, 뭐."

제갈연이 아무렇지도 않은 듯한 얼굴로 헤실거리며 웃었다.

그러나 그 안의 서글픔을 못 알아볼 정도로 정주형은 순진한 아이가 아니었다.

정주형이 코끝을 씰룩거리며 제갈연을 쳐다보다가 무슨 생각을 하는지 불쑥 품속으로 손을 집어넣었다.

그리고 손이 다시 옷 밖으로 모습을 드러냈을 때는 두 개의 새까만 단환이 들려 있었다.

"하나씩 먹어."

제갈연이 정주형을 돌아봤다.

"이건……."

"피독단이야. 중독되고 싶지 않으면 하나씩 먹어."

고민우가 당황한 얼굴로 정주형을 쳐다봤다.

"너……!"

피독단까지 내밀 정도면 제대로 손을 쓰겠다는 의미다.

독곡의 소곡주가 제대로 손을 쓰겠다는 것은 결국 극독을 의미했다.

독하게 마음을 먹은 것이다.

"굳이 이렇게까지……."

"안 그러면? 빠져나갈 수나 있고?"

고민우가 끙 하고 앓는 소리를 내더니 피독단을 받아 들었다.

"그냥 먹으면 돼?"

"그래. 그래도 가급적이면 숨은 참아. 이게 좀 독해서 가끔씩은 나도 해롱거리니까."

고민우가 고개를 끄덕이더니 제갈연에게 피독단 하나를 내밀었다.

"드세요."

"예? 하지만……."

"제갈 소저가 돌아간다고 끝날 일이 아닙니다. 생각보다 많은 것이 얽혀 있어서…… 일단 드세요. 빠져나가야 합니다."

그것은 제갈연 역시도 어렴풋이 알고 있던 사실이었다.

그래도 혹시나 싶은 마음에 어렵사리 외면하고 있었던 것뿐이었다.

그러나 고민우가 확신을 주는 바람에 더 이상 외면할 수도 없게 되었다.

제갈연이 한숨을 푹 내쉬며 피독단을 향해 손을 뻗는 그때.

서걱!

반토막이 난 채 툭 떨어져 내리며 바닥을 구르는 제독단.

"어?"

"웬 놈이…… 어?"

당황한 얼굴을 한 채 시선을 돌리던 고민우가 여전히 무뚝뚝한 얼굴의 명진을 확인하고는 얼굴을 와락 구겼다.

그러나 고민우보다 정주형의 반응이 빨랐다.

"이게 무슨 짓이야!"

담담한 얼굴로 정주형의 시선을 받아 낸 명진이 제갈연을 향해 턱짓했다.

"애는 아무거나 먹으면 안 된다."

"그게 왜 아무거나야? 그거 엄청 비싼 거라고! 거기 들어가는 재료만 해도……."

그러나 명진은 여전히 고개를 내저을 뿐이었다.

"어쨌든 안 된다. 당 장로님이 신신당부하셨다. 아무거나 먹이지 말라고."

명진이 당가를 앞세우자 정주형이 입을 닫으며 얼굴을 찡그렸다. 그러나 여전히 지고 싶은 마음은 없었던지 다시금 입을 열며 목소리를 높였다.

"그럼 어쩌자고? 일단은 빠져나가야 할 거 아니야? 내가 독을 쓰면 그건 감당이 되고? 피독단이 있어도 간당간당할 텐데, 그것도 없이 어쩌자고?"

명진이 정주형에게서 시선을 거뒀다. 그리고는 앞을 막아서고 있는 흑호대를 향해 걸음을 옮겼다.

정주형이 당황한 얼굴로 명진을 불렀다.

"야, 인마! 뭘 어쩌려고?"

명진이 뒤도 돌아보지 않은 채 대꾸했다.

"독 쓰지 마라. 내가 다 잡을 테니까."

"지금 그걸 말이라고! 네가 무슨 수로 저걸 다…… 어라?"

얼굴을 찌푸리고 있던 정주형이 한순간 눈을 동그랗게 떴다.

정주형이 고개를 돌려 고민우를 쳐다봤다.

그 또한 눈앞에 벌어진 상황을 믿지 못하겠는지 두 사람 모두 비슷한 얼굴을 하고 있었다.

"저거 아무래도……."

명진의 검을 가늘게 감싸고 있는 푸르스름한 기막.

고민우가 침을 꿀꺽 삼키며 고개를 끄덕였다.

"맞아. 검기야."

"미, 미친!"

정주형이 입을 쩍 벌렸다.

"흐음……."

권함이 명진의 검에 시선을 고정시킨 채 턱을 쓰다듬었다.

'지난번엔 검기를 쓰지 못했던 것 같은데…… 아니면 감춰 둔 건가?'

어느 쪽인지는 확신이 가지 않았으나 한 가지만큼은 확실하게 알 수 있었다.

'싹을 잘라야겠군.'

일반적으로 고수라 불리는 이들이 검기를 쓰는 나이는 서른.

어렸을 때부터 기재라 일컫던 이들도 이십대 중반이 되어서야 검기를 쓰는 것을 생각해 보면, 명진의 경우는 빨라도 너무 빨랐다.

괴물이라 생각했던 모용기에 명진까지 더해진다면 패천성의 입장에서 좋을 것이 없는 상황.

권함이 검을 뽑았다.

"물러서라!"

앞을 막아서고 있던 흑호대원들이 양쪽으로 갈라서며 길을 열어 줬다.

그 사이로 걸음을 옮기던 권함이 명진과의 거리를 스무 걸음 정도 남기고 멈춰 섰다.

권함이 천으로 고정된 명진의 어깨를 쳐다봤다.

"다쳤나?"

굳이 대답을 원한 질문도 아니었고, 실제로 명진은 입을 열지 않았다.

그러나 권함은 다시 입을 열어야 했다.

"호 장로는?"

이번에도 명진은 대꾸하지 않았다. 그러나 그의 흔들림 없는 얼굴을 마주한 권함은 어렴풋이나마 짐작할 수 있었다.

"당했군."

권함이 명진을 향해 검을 겨누었다.

"딱히 복수할 생각은 없지만, 그래도 입장이라는 게……."

그 순간 명진이 불쑥 입을 열었다.

"닥치면 안 되나?"

"뭐?"

권함이 얼굴을 찡그렸다. 그러나 명진은 여전히 담담한 얼굴을 유지한 채 목소리를 냈다.

"어차피 싸울 것 아닌가? 주저리주저리 말만 늘어놓지 말고 그냥 덤벼."

권함이 픽 하고 웃음을 흘렸다. 그러나 곧 이를 갈며 명진을 노려봤다.

"건방진 놈."

그리고는 픽 꺼지듯 그 자리에서 사라지더니 명진의 측면에서 번쩍 검기가 치솟아 올랐다.

"흡!"

명진이 급하게 숨을 들이켰다.

권함의 움직임을 따라잡는 건 어렵지 않았지만, 선명하게 형태를 갖춘 검기는 위협적이었기 때문이다.

그리고는 당연한 수순으로 한 걸음 물러섰다.

그러나 전혀 주눅이 든 얼굴은 아니었다.

소무결이 그랬듯 상체를 좌우로 흔드는 명진.

그러자 그의 신형이 두 개로 늘어났고, 검은 네 개로 늘어났다.

"엇!"

거의 동시라고 해도 좋을 만큼 한순간에 네 개의 요혈을 노리는 명진의 검에 권함이 조금은 당황한 얼굴을 했다.

그러나 이내 차갑게 얼굴을 굳히며 검을 쭉 내리그었다.

'다 깨면 돼!'

힘에서는 자신이 우위였다. 명진의 검이 네 개가 아니라 열 개, 백 개로 늘어난다 해도 그 점은 변하지 않았다. 자신의 힘으로 충분히 감당할 수 있는 수준이었다.

그 점을 호삼곡보다 조금은 일찍 알아차린 권함이었다.

그런 그의 생각이 틀리지 않았다는 것을 증명이라도 하듯, 명진이 내뻗은 네 개의 검이 스르륵 흩어져 내렸다.

"제길!"

명진이 얼굴을 구기며 급하게 물러섰다.

기교를 배제하고 우직하게 힘으로만 밀어붙이는 상대.

호삼곡을 상대할 때도 느낀 것이지만 이런 유의 상대가 가장 까다로웠다.

그러나 명진은 또다시 잔상을 남기며 권함에게 달라붙었다.

'물러서서는 안 돼.'

무작정 물러서기만 하는 것은 정답이 아니다.

체력에서도 상대가 우위에 있는 상황. 물러서기만 하다가는 결국 먼저 무너지는 것은 자신이 될 것이었다. 도리어 적극적으로 상대의 빈 공간을 만들어야 했다.

명진의 검이 뱀처럼 휙휙 휘어졌다.

호삼곡이 받았던 것과 비슷한 느낌을 권함도 가질 수 있었다.

'연검은 아닌데 연검같이 움직이는군.'

연검은 아니지만 비슷한 공격?

그렇다면 굳이 달리 생각할 이유가 없었고, 대응법은 간단했다.

"합!"

권함이 진기를 끌어올렸다. 권함의 검기가 조금 더 선명해지며 기파를 만들어 냈다.

안쪽으로 휘어져 들어가며 권함을 노리던 명진의 검이 반대쪽으로 휘어지며 쭉 밀려났다.

그리고는 명진의 급소를 노리는 선명한 검기.

"이, 이런!"

명진이 당황한 얼굴을 감추지 못하고 급하게 물러서며 몸을 틀었다. 그 순간 호삼곡에게 당한 왼쪽 어깨가 욱신거리며 명진의 몸놀림이 멈칫했다.

쉭!

"윽!"

명진의 목덜미에서 팟 하고 피가 튀어 올랐다.

권함의 검기가 뿜어내는 예기를 완전히 피해 내지 못한 탓이다.

비틀거리며 물러서는 명진을 확인한 권함이 눈을 빛냈다.

'기회!'

끝을 볼 작정이었다.

"죽어!"

권함이 검기를 세운 채 몸을 날렸다.

그러나 명진에게 다가서기도 전, 훅 들이치는 검은 기운에 얼굴을 찡그리며 멈칫할 수밖에 없었다.

"젠장!"

권함이 검을 휘휘 긋자 검은 기운이 스르륵 흩어져 내렸다.

그 사이로 얼굴을 드러내는 정주형.

정주형이 이를 갈며 권함을 노려봤다.

"난 보이지도 않는다 이거야? 이거 엄청 열 받네."

정주형이 코끝을 씰룩거리며 기분 나쁘다는 얼굴을 했다. 그러나 권함의 눈동자는 명진을 찾았다.

고민우가 검을 뽑아 들며 권함의 시선에서 명진을 가렸다. 그리고는 권함을 노려보며 입을 열었다.

"나도 있거든?"

권함이 얼굴을 찡그렸다.

"정무맹의 종자들입니다. 두 분 다 비켜서십시오."

그러나 정주형은 여전히 명진을 가린 채, 어느새 꺼내 든 주머니 몇 개를 허공으로 던졌다가 받기를 반복했다.

"그럴 생각이 있었으면 막아서지도 않았지. 안 그래?"

정주형의 시선을 받은 고민우가 고개를 끄덕였다.

"그래."

그리고는 권함을 향해 검을 겨누는데, 정주형과 고민우의 사이로 명진이 불쑥 모습을 드러내며 빈 곳을 채웠다.

제갈연의 안절부절못하는 얼굴과 비슷한 얼굴을 한 정주형이 명진을 쳐다봤다.

"어? 너……!"

명진이 고개를 저었다.

"괜찮다."

"뭔 소리야? 피가 철철 나는데?"

"보기에만 그런 거다. 상처는 얕다."

제법 많은 피가 흐르고 있었지만 상처 자체는 깊지 않았다. 그러나 피를 많이 흘린다는 것은 그 자체만으로도 위협이었다.

그 점을 잘 알고 있던 고민우가 명진을 만류했다.

"물러서. 일단 지혈부터 하고……."

그러나 명진은 이번에도 고개를 저으며 고민우의 말을 끊었다.

"너희 둘로는 감당 못 한다."

명진의 냉정한 말투에 정주형이 얼굴을 찡그렸다.

"말을 해도 꼭……."

그러나 말을 끝까지 잇지 못하고 말끝을 흐릴 수밖에 없었다.

명진과 권함의 대결을 지켜보고 있던 흑호대가 정주형과 고민우가 나서자 일제히 검을 세우며 그들을 압박하기 시작한 것이다.

"젠장!"

정주형이 얼굴을 찡그렸다.

다 틀렸다는 생각이 들 정도였다.

그리고 비슷한 느낌을 받은 고민우 역시 얼굴빛이 좋지 못했다.

오로지 명진만이 처음과 다름없는 얼굴로 검을 세우고 있었다.

그리고 뒤에서 아랫입술을 잘근잘근 깨물며 지켜만 보고 있던 제갈연이 갑자기 무슨 생각이 들었는지 얼굴을 굳히며 검을 빼 들었다.

명진이 익숙한 기척에 옆을 돌아봤다. 그리고는 눈을 조금 크게 떴다.

"너……."

그러나 제갈연은 긴장감 없는 얼굴로 살포시 미소를 보였다.

"그냥 있어도 죽어요."

명진이 난감한 얼굴을 했다.

그리고 이런 면에서는 정주형이 확실히 빨랐다.

정주형이 픽 웃으며 제갈연의 말을 받아 줬다.

"맞아. 그냥 있어도 죽는 건 마찬가지지. 그럴 바엔 차라리 발악이라도 하는 게 훨씬 낫지."

고민우도 같은 생각을 하는지 말이 없었다.

그러나 명진은 여전히 난감한 얼굴을 하다가 이내 얼굴을 딱딱하게 굳히며 다시금 제갈연의 앞을 막아섰다.

"명진 도……!"

"안 죽는다."

"예?"

"안 죽는다. 내가 살린다."

제갈연이 당황한 얼굴로 눈을 동그랗게 떴다.

그리고 그 순간 권함이 움직이기 시작했다.

권함이 명진에게 검을 겨누며 크게 소리쳤다.

"쳐!"

일제히 날아오르는 십여 개의 검은 인영.

정주형이 긴장한 얼굴로 양손에 독주머니를 나눠 쥐었다.

고민우가 이를 악물며 양손으로 검을 움켜쥐었다.

그리고 명진은 어느새 다시 검기로 검을 둘러싸며 튀어오르는 적을 노려봤다.

"후우!"

명진이 크게 숨을 내쉬었다.

그리고는 단숨에 튀어 올라 검을 휘두르려는 순간!

촤악!

반월형의 검기가 허공을 가르며 후드득 피를 뿌렸다.

"어?"

양측 사이의 빈 공간을 메우는 익숙한 뒷모습.

제갈연이 눈을 동그랗게 떴다.

"모용 공자!"

42 章.

참룡회귀록

斬龍回歸錄

42 章.

권함이 비처럼 쏟아지는 핏물을 그대로 뒤집어쓰며 눈을 부릅떴다.

"너!"

그러나 소리 없이 날아드는 반월형의 검기에 기겁을 하며 검을 들었다.

쾅!

"컥!"

권함이 피를 뿜으며 허공을 날았다.

모용기가 차가운 눈으로 흑호대원을 훑었다.

당장이라도 달려들 것처럼 한 발을 앞으로 내밀고 있던 흑호대원들이 움찔하며 뒤로 물러섰다.

그러나 모용기는 더는 관심도 없다는 얼굴로 신형을 돌렸다.

정주형이 반색을 하며 모용기에게 달려들었다.

"야, 인마!"

그러나 정주형의 손은 허공을 가를 수밖에 없었다.

"어?"

당황하는 정주형을 뒤로하고 제갈연의 앞에 불쑥 모습을 드러낸 모용기의 눈매가 부드럽게 휘어졌다.

"미안. 좀 늦었어."

제갈연이 흐릿해진 눈으로 고개를 저었다.

"아, 아니…… 이렇게 와 줘서……."

제갈연에게 한 걸음 다가서려던 모용기가 문득 걸음을 멈추며 명진을 돌아봤다.

그리고는 무언가 마음에 들지 않는지 얼굴을 찡그렸다.

"무한이 자식도 그렇고 너도 그렇고, 이것들은 나한테 배운 건 어따 팔아먹고 죄다 맞고 다니는 거냐?"

명진이 얼굴을 찡그렸다.

제갈연이 얼른 눈물을 훔치며 명진을 감싸 줬다.

"그게…… 명진 도장이 우리를 보호하느라……."

"됐고. 이것들은 하여간 약해 빠져서는."

모용기가 못마땅하다는 얼굴로 고개를 절레절레 젓다가 무슨 생각이 들었는지 문득 시선을 돌렸다.

"그러고 보니까, 아줌마랑 아저씨들은?"

박강진 등에게 뒤늦게 생각이 미친 것이다.

"어? 그, 그게……."

제갈연이 당황한 얼굴을 했다.

그러나 명진은 침착한 얼굴로 고개를 저었다.

"안전한 곳에 있다."

"안전한 곳? 박 씨 아저씨나 아줌마는 그렇다 쳐도 막 씨 아저씨도?"

명진이 고개를 끄덕이자 모용기의 얼굴이 일그러졌다.

"이 아저씨가 미쳤나? 지금 저 혼자 살겠다고 자기만 안전한 곳에 있다 이거지?"

"아니, 그게 아니라……."

명진이 고개를 젓는 제갈연의 팔을 낚아챘다.

"왜…… 왜요?"

의문을 품은 채 자신을 쳐다보는 제갈연을 향해 명진이 고개를 저었다. 그리고는 자신을 향하는 따가운 시선을 버티지 못하고 슬며시 제갈연의 팔을 놓으며 변명하듯 말했다.

"아저씨가 다쳤다. 그래서 같이 못 온 거다."

모용기가 제갈연의 팔을 낚아챈 명진의 손을 노려보다가 곧 짧게 고개를 저으며 입맛을 다셨다.

"뭘 얼마나 다쳤길래 움직이지도 못해? 하여간 죄다 약해 빠져 가지고."

그리고는 다시 제갈연을 쳐다보며 입을 열려 하는데, 정주형이 입이 잔뜩 튀어나온 채 투덜거렸다.

"빌어먹을 자식. 우린 눈에 보이지도 않는 거냐?"

그 말에 정주형과 고민우를 번갈아 쳐다보던 모용기가 히죽 웃으며 손을 들었다.

"안녕?"

정주형이 얼굴을 와락 구겼다.

"안녕은 개뿔! 지금 그런 말 할 때야?"

"그럼 뭐라고 해?"

뻔뻔한 모용기의 태도에 정주형이 황당하다는 얼굴로 입만 벙긋거리는데, 고민우가 다급한 얼굴로 둘 사이에 끼어들었다.

"그게 중요한 게 아니라…… 공자님! 공자님이 지금 위험하다고."

"공자님? 무한이 말이야?"

"그, 그래. 공자님이 지금 마 장로에게 묶여서……."

"아, 거기 방금 갔다 왔어."

"응?"

눈을 동그랗게 뜨는 고민우를 보며 모용기가 히죽 웃으며 말했다.

"마 장로인지 뭔지 팔 하나를 잘라 놨으니까 걱정할 것 없어."

정주형이 어버버하는 고민우를 밀어내며 끼어들었다.

"어? 진짜? 마 장로 팔을?"

"그렇다니까. 그러니까 이제 그만 집에……."

"안 돼요."

"응?"

모용기가 제갈연을 돌아봤다. 제갈연이 불안한 눈으로 내성을 힐끔거렸다.

"어르신, 어르신이……."

"어르신? 안 씨 할배 말하는 거야?"

제갈연이 고개를 끄덕였다. 모용기가 의아하다는 얼굴로 재차 질문했다.

"안 씨 할배가 왜?"

제갈연이 침을 꿀꺽 삼키더니 조금은 목소리를 낮추며 말했다.

"어르신이 정신을 놨어요."

그 순간 내성이 부르르 떨리는 듯한 착각이 들 정도로 우르릉 소리가 크게 터져 나왔다.

본능적으로 시선을 돌리던 모용기가 이내 깊게 한숨을 내쉬었다.

"개고생해서 기어 올라왔더니, 오자마자 또 개고생이야?"

"우웩!"

안희명이 왈칵 피를 토해 냈다.

새빨간 자신의 피를 본 그의 눈동자가 이내 사정없이 흔들렸다.

"어? 피! 피!"

겁에 질린 듯 짤랑짤랑한 목소리. 안희명이 두려움이 가득한 눈으로 주춤주춤 물러서는데 서진이 뒤를 막아섰다.

"어? 어?"

안희명의 기세가 완전히 죽어 버렸다. 불안함이 가득한 눈동자가 갈 곳을 잃고 방황했다.

안호석이 비명을 질렀다.

"아버지!"

그러나 안호석은 한 걸음도 앞으로 나설 수가 없었다. 공량과 여유향이 단단하게 앞을 막아서고 있었기 때문이다.

"비켜!"

안호석이 발악하듯 검을 쭉 그었다.

새파란 검기가 넘실거리며 날아들었다.

그러나 이미 마음이 어지러워진 후다. 그저 사납기만 한, 정교함이 없는 검기는 공량과 여유향에게 위협이 되지 못했다.

쾅!

공량과 무기를 맞부딪친 안호석이 주르륵 뒤로 물러섰다.

평소라면 한 수 아래로 볼 공량이지만 지금 이 순간만큼은 자신을 위협하는 고수였다.

안호석이 파리해진 안색으로 왈칵 치솟는 핏물을 억지로 참아 내고는 철자강을 돌아봤다.

"성주!"

철자강은 여전히 뒷짐을 쥔 채 담담한 얼굴로 지켜보고만 있을 뿐이었다.

안호석이 피를 토하듯 재차 소리쳤다.

"성주! 도와주시오!"

그러나 철자강은 여전히 대꾸가 없었다.

마음이 급한 나머지 그의 대답을 기다리지 못하고 다시 몸을 던지는 안호석.

그때 혁련휘가 철자강의 뒤로 다가섰다.

"도와주지 않을 겁니까?"

철자강이 애매하다는 얼굴로 고개를 모로 기울였다.

"글쎄……."

혁련휘가 조금은 답답하다는 얼굴을 했다.

"대체 무슨 생각을 하시는 겁니까? 다른 이도 아니고 어르신입니다. 어르신이 성을 위해 했던 일들을 생각하면 복잡한 생각은 다 제하고 일단 도와야하지 않겠습니까?"

"그렇긴 하지."

철자강이 고개를 끄덕였다. 그러나 여전히 뒷짐을 쥔

자세로 보아 움직일 마음이 없어 보였다.

혁련휘가 얼굴을 찡그리다가 더는 참지 못하겠는지 한 걸음 앞으로 나서려 했다.

그러나 임한상이 팔을 들어 혁련휘를 막아섰다.

"왜……?"

"잠시만 기다려 보게."

혁련휘가 불만이 가득한 눈으로 임한상을 쳐다보았으나, 그는 혁련휘의 불만이 가득한 눈길을 묵묵히 받아 내며 철자강에게 다가섰다.

"성주."

"말하라."

임한상이 공량, 여유향과 다시금 어울리는 안호석을 힐끔거렸다.

"어느 쪽으로 생각하든 안 교주를 도와야 합니다."

"나도 안다."

선선히 고개를 끄덕이는 철자강을 보며 고진과 혁련휘는 물론이고 임한상도 눈을 동그랗게 떴다.

"그럼 왜……."

철자강이 철위강에게로 시선을 돌렸다.

마침 철위강 역시 자신을 바라보고 있었다.

먼 거리를 두고 시선을 맞추는 두 사람.

잠시 후 철자강이 나지막하게 읊조렸다.

"한상아."

"예, 성주."

"내가 지금 움직이면 성주는 저 녀석이 차지할 것이다."

"예?"

임한상이 언뜻 이해가 가지 않는다는 눈으로 철자강을 쳐다봤다.

"그, 그게 무슨……."

그러나 철자강은 친절하게 설명해 줄 마음은 없는지 앞으로 나서며 뒷짐을 풀었다.

"그래도 도와야겠지."

그가 남긴 말의 의미를 파악하느라 눈알을 데굴데굴 굴리는 고진, 임한상과는 다르게 혁련휘가 호탕하게 웃으며 철자강의 뒤로 붙었다.

"그렇죠! 이래야 성주님이죠!"

철자강이 픽 웃더니 다시금 눈빛을 가라앉히며 하수란을 살폈다.

철위강과 마찬가지로 철자강을 살피고 있던 하수란.

하나 철위강과는 달리 그녀는 철자강과 시선이 마주치자 슬며시 고개를 돌리고 말았다.

"흐음……."

나직이 침음을 흘린 철자강은 이내 짧게 고개를 저으며 상념을 털어 냈다.

그리고는 안호석을 향해 턱짓을 했다.

"휘, 자네는 저길 돕고."

혁련휘가 기다렸다는 듯이 검을 뽑아 들었다.

"그러지요."

"그리고 나머지는……."

그러나 철자강은 끝까지 말을 잇지 못한 채 말꼬리를 흐리고 말았다.

무언가가 안희명의 앞에 뚝 떨어져 내리더니 사방으로 시퍼런 빛무리를 뿜어낸 것이다.

콰콰쾅!

피를 토하며 튕겨져 나가는 서진과 허태충, 이각의 모습에 침착한 얼굴을 하던 철위강이 눈을 동그랗게 떴다.

"뭐, 뭐가!"

반대로 겁에 질려 있던 안희명은 반색을 했다.

"형! 형!"

여기저기 상처가 가득한 안희명의 모습에 모용기가 한숨을 푹 내쉬었다.

"할배, 그러니까 아무 데서나 정신 놓지 말라니까."

깊은 검상이 군데군데 새겨져 있었고, 옆구리의 검상은

특히 심했다.

살점이 뚝 떨어져 나간 것처럼 푹 파인 검상.

일반인이었다면 이미 명을 달리했을 정도로 깊어 보였다. 단련된 무인이라도 쉬이 거동하기 힘들 정도의 검상이라 생각했다.

"아니지. 정신을 놔서 그나마 움직이기라도 했던 건가?"

어쩌면 그 덕에 이 정도 검상을 입고도 명줄을 잡고 있었던 건지도 모른다.

모용기가 착잡한 눈으로 자신을 쳐다보자 안희명이 울상을 하며 칭얼거렸다.

"형, 나 피, 피. 나 되게 아픈데……."

짤랑짤랑한 목소리에 힘이 빠졌다. 그리고는 그 자리에 털썩 주저앉으며 끙끙거리기 시작했다.

괜히 눈시울이 붉어지려는 느낌에 모용기가 이를 악물었다.

그리고는 차갑게 가라앉은 목소리로 입을 열었다.

"누구야?"

"응?"

"그거 누가 그랬냐고."

모용기의 말에 눈을 동그랗게 뜨던 안희명은 그의 시선이 향한 곳이 자신의 옆구리인 것을 알아채고는 저 멀리 위치한 공량을 향해 손가락질했다.

"저 아저씨가……."

모용기의 새빨개진 눈이 공량을 향했다.

살기가 가득한 모용기의 눈길을 받은 공량이 움찔 몸을 떨다가 기겁을 하며 몸을 띄웠다.

"으헉!"

쉭!

섬뜩한 예기를 흘리는 반월형의 검기가 발밑을 스치고 지나갔다.

겨우 피해 냈다는 안도감에 나직이 한숨이라도 내쉬려던 공량은 이내 눈을 동그랗게 뜨고 말았다.

푹!

"어?"

어느새 손을 뻗으면 잡을 수 있는 거리까지 접근한 모용기의 얼굴.

비현실적인 것을 접하기라도 한 듯 얼떨떨한 얼굴로 모용기와 시선을 맞추던 공량이 조금씩 시선을 내렸다.

그리고 마주한 검 자루만 남긴 모용기의 검.

뒤늦게 통증이 느껴지기 시작했다.

아랫배를 불로 지지기라도 하는 듯한 끔찍한 고통에 공량이 비명이라도 지르려는 찰나.

모용기가 히죽 웃더니 검을 위로 획 그어 버렸다.

푸확!

허공에서 핏물이 퐛 하고 사방으로 터져 나가더니 후드득하며 비처럼 떨어져 내렸다.

뒤늦게 지면으로 떨어져 내리는 공량의 신형.

쿵!

좌중이 멍청한 얼굴로 숨을 죽였다.

안희명 역시 아픔도 잊은 채 그들과 같은 얼굴로 눈만 깜빡거렸다.

"그건 또 어느 놈 짓이야?"

그러나 어느새 가까워진 거리에서 들려오는 모용기의 목소리에 흠칫 몸을 떨며 시선을 돌렸다.

"으, 응?"

이번에는 모용기의 시선이 어깨의 검상과 맞닿아 있었다.

전처럼 반사적으로 손가락을 치켜들려던 안희명은 한순간 움찔하며 손가락을 접었다.

상체가 쩍 갈라진 공량의 처참한 모습이 뒤늦게 떠오른 탓이다.

"어? 그, 그게……."

"그게가 아니고, 누구냐고 묻잖아."

"아니, 그, 그게 그러니까……."

안희명이 말끝을 흐리며 모용기의 시선을 피했다.

미간을 좁히며 재차 안희명을 재촉하려던 모용기는 무엇을 봤는지 한순간 눈을 반짝였다.

"어? 아줌마, 오랜만이네?"

"어?"

모용기와 눈길을 마주한 하수란이 당황한 얼굴을 하다가 상당한 거리가 있음에도 주춤주춤 물러섰다.

"어? 그, 그게 그러니까……."

"그러니까가 아니고. 아줌마, 그동안 잘 지냈어?"

"아, 아니 그러니까……."

"잘 잤네. 잘 잤어. 난 통수 맞은 게 억울해서 한동안 잠도 제대로 못 잤는데."

"그러니까 그게……."

"아, 맞다! 절벽 기어오르느라 개고생한 것도 있고."

고개를 갸웃거리며 말끝을 흐리던 모용기가 다시금 하수란과 시선을 마주했다.

"아줌마. 아줌마가 말해 봐. 이 빚을 어떻게 갚아 줬으면 좋을지."

"아, 아니…… 굳이……."

당황한 얼굴의 하수란이 더듬더듬 말을 더듬었다.

하수란과 여전히 시선을 맞추고 있던 모용기가 한순간 바닥을 콱 찍었다.

그리고는 동시라고 해도 좋을 정도로 눈앞에서 불쑥 튀어나오는 모용기의 얼굴.

하수란의 반응 속도를 한참이나 벗어난 움직임이었다.

모용기가 히죽 웃음을 보였다.

"그냥 죽어."

모용기가 검을 찔렀다.

쩡!

자신의 검을 잡고 있는, 하얀 빛무리에 둘러싸인 손.

그 끝을 따라가던 모용기가 미간을 좁혔다.

회귀 전, 딱 한 번 본 적이 있는 얼굴.

철자강이었다.

"무슨 의미죠?"

철자강이 차가운 눈으로 모용기와 시선을 마주했다.

"여긴 패천성이다."

"그래서요?"

"네 마음대로 설칠 수 있는 곳이 아니란 말이지."

철자강의 말에 모용기가 픽 하고 웃음을 보였다.

"진짜 그렇게 생각해요?"

대놓고 비웃음이 섞여 있었다.

그러나 철자강은 여전히 담담한 얼굴이었다.

"확인해 보겠나?"

"그럴까요?"

사양하는 법이라고는 배우지 못한 모용기다.

모용기가 내력을 끌어올리며 검 자루를 잡은 손에 힘을 가하려는 순간.

“아빠!”

해맑은 목소리가 둘 사이를 갈라놨다.

철소화가 철자강의 품 안으로 파고들었다.

“아빠!”

철자강이 당황한 얼굴을 하면서도 철소화를 부드럽게 받아 들었다.

“소, 소화야! 네가 어떻게…….”

여태껏 침착함을 유지하던 얼굴이 조금은 무너져 내렸다.

제 아비의 품에 안긴 철소화는 기분이 좋은지 헤실거리는 얼굴로 철자강의 가슴에 얼굴을 비비적거렸다.

“아빠, 아빠.”

어리광을 부리는 철소화를 쳐다보며 난감한 얼굴을 하던 철자강은 이내 철소화를 품에서 떼어 냈다.

“어? 아빠, 왜…….”

철소화가 눈을 동그랗게 떴다.

철자강이 조금은 딱딱한 얼굴로 입을 열었다.

“이게 어찌된 일이냐?”

“어? 뭐가?”

“분명 납치를 당했다고…….”

철자강의 질문에 철소화가 다시금 헤실거리는 얼굴로 모용기와 팔짱을 꼈다.

"아, 그거? 여기 기아 오빠가 구해 줬어."

"기아 오빠?"

철자강이 얼떨떨한 얼굴로 모용기를 쳐다봤다.

모용기는 철자강에게 시선도 주지 않고 자신에게 매달린 철소화의 머리를 콩 하고 쥐어박았다.

"아야! 왜 또 때려?"

"시끄러! 이건 틈만 나면 매달리려고…… 무겁다고, 너."

"뭔 소리야? 내가 어딜 봐서……."

그러나 모용기는 철소화를 밀쳐 내며 말을 끊었다.

그리고는 전보다 더 당황한 얼굴을 하고 있는 하수란을 쳐다보며 다시 히죽 웃음을 보였다.

"아줌마, 다시 하자."

"어? 그, 그게……."

하수란이 주춤주춤 뒷걸음질 쳤다.

철자강이 다시 그 앞을 막아섰다.

이번에는 모용기를 대신해 철소화가 먼저 반응했다.

"어? 아빠, 왜……."

철자강이 여전히 모용기를 노려보며 철소화의 말에 대꾸했다.

"아무리 너를 구했다고 해도 여긴 패천성이다. 제멋대로 분탕질을 치게 내버려 둘 수는 없지."

철자강의 어깨 위로 아지랑이 같은 기운이 흐릿하게 피어올랐다.

철소화가 당황한 얼굴로 철자강을 만류했다.

"어? 아빠, 그게 아니고……."

철자강이 자연스럽게 한 걸음 물러서며 철소화의 손을 피해 냈다.

"어?"

"물러서라."

손안에 잡히는 것이 없는 허전한 느낌에, 철소화가 미간을 좁히며 철자강을 쳐다봤다.

"아빠, 그게 아니라니까? 저 아줌마가 배신을……!"

그러나 철자강은 차가운 눈으로 고개를 저었다.

"그건 우리 패천성에서 해결해야 할 일이다. 외부인이 나설 일이 아니지."

철소화가 답답하다는 얼굴로 조막만한 손으로 가슴을 탁탁 두드렸다.

"아, 진짜! 아빠 왜 그래? 진짜 그게 아니고……."

그러나 이번에도 철소화의 말을 끊은 것은 모용기였다.

모용기가 철소화의 팔을 잡아끌어 옆으로 비켜 세웠다.

"물러서."

철소화가 당황한 얼굴을 했다.

"어? 오, 오빠!"

모용기가 철자강을 향해 검을 세웠다.

철소화가 얼굴을 찡그렸다.

"오빠까지 왜 이래? 진짜 이럴 거야?"

모용기가 철소화를 돌아보며 히죽 웃음을 보였다.

"적당히 할게."

그 말에 철자강의 눈썹이 꿈틀거렸다.

아지랑이 같이 흐릿하던 기운이 조금 더 선명하게 느껴졌다.

그와 동시에 모용기의 검에 새파란 빛무리가 순식간에 몰려들더니 형체를 갖췄다.

처음 보는 검기의 형상에 철소화가 눈을 동그랗게 떴다.

"어?"

그리고 그것은 다른 이들 역시 마찬가지였다.

웅성거리는 듯한 소란스러움이 잠시 장내를 맴돌았지만, 아주 잠시일 뿐이다.

모용기와 철자강이 뿜어내는 무형의 기세에 좌중이 숨을 죽였다.

그러나 여유가 있어 보이는 모용기와는 달리 철자강의 이마에서는 땀방울이 송골송골 솟아났다.

그리고 믿기지 않게도 먼저 움직이려는 듯 몸을 움찔거리는 철자강이었다.

그러나 그 순간 귓속을 파고드는 나직한 음성.

"아주 개판이구나."

철자강만이 아니라 모용기까지 몸을 흠칫 떨었다.

그리고 철소화는 오히려 반색을 한 얼굴이었다.

철소화가 주변을 휙휙 돌아보며 크게 소리쳤다.

"할아버지!"

"할아버지? 그럼…… 괴의?"

모용기가 눈을 희번덕거렸다.

그러나 먼저 움직인 것은 철소화였다.

"할아버지!"

철소화가 후다닥 걸음을 옮겼다.

그러나 자신을 밀어내는 부드러운 기운에 더는 다가서지 못하고 걸음을 멈춰야만 했다.

"어? 할아버지?"

철소화가 의아하다는 얼굴을 했다.

녹의를 입은 노인, 괴의가 철소화를 향해 부드럽게 웃음을 보이며 고개를 저었다.

"잠깐 기다려 보거라."

그리고는 안희명에게로 시선을 옮겼다.

끙끙거리던 안희명이 괴의를 발견하고는 눈을 동그랗게 떴다.

"어? 이 할배…… 어디서 봤는데?"

괴의가 미간을 좁혔다.

"이놈이나 저놈이나, 어째 죄다 정신을 놓는 것이냐?"

그리고는 안희명에게 한 걸음 다가서는데, 안희명이 움찔하며 엉금엉금 뒤로 물러나려 했다.

"어? 자, 잠깐…… 오, 오지 마."

안희명의 얼굴에 두려움이란 감정이 자리하기 시작했다.

정신은 흐릿했어도 본능적인 움직임이었다.

괴의가 픽 웃음을 흘리더니 가볍게 손가락을 튕겼다.

쉭!

툭 소리가 나더니 안희명이 딱딱하게 굳어졌다.

"어?"

안희명이 당황한 얼굴로 눈알을 데굴데굴 굴렸다.

괴의는 그제야 안희명에게 다가서더니 옆구리부터 살폈다.

"헐…… 이거 아주 걸레를 만들어 놨네."

"아, 아야! 할배 나 아파."

"이놈이! 지금 누구보고 할배래? 네놈 면상이나 확인하고 그딴 말을 하거라."

"아, 아니 그게 아니고…… 나 진짜 아프다고!"

"당연하지. 살점이 뭉텅 뜯겨져 나갔는데 안 아프면 그게 비정상이지, 이놈아."

퉁명스러운 목소리와는 달리 상처를 살피는 손길은 조심스러웠다.

안희명은 여전히 끙끙거렸지만 줄줄 흘러내리던 핏물은 어느새 자취를 감췄다.

"이 정도면 급한 것은 일단 막았고……."

괴의가 끙차 하며 자리에서 일어섰다.

안희명이 불안해하던 처음과는 달리 안심이 깃든 눈으로 괴의를 쳐다봤다.

"할배, 나 아직도 안 움직이는데?"

"그놈의 할배 소리는…… 일단 그대로 있거라. 괜히 움직여서 상처 덧나게 만들지 말고."

"아, 아니…… 이건 좀 풀어 줘야……."

그러나 어느새 안희명에게서 등을 돌린 괴의였다.

그리고는 바닥을 콕 찍더니 철자강의 면전에서 불쑥 치솟아 올랐다.

철자강이 흡 하고 숨을 급히 들이켜다가 이내 양손을 모으며 고개를 숙였다.

"장인어른을 뵙습니다."

"한심한 놈."

철자강의 공손한 몸가짐에도 괴의의 얼굴에는 못마땅함이 잔뜩 어려 있었다.

그러나 미약하게 코끝을 간질이는 비릿함에 의아하다는 얼굴을 했다.

"독?"

"별일 아닙니다."

철자강이 대수롭지 않다는 얼굴로 대꾸했으나 괴의의 생각은 달라 보였다.

"별일이 아니긴. 썩은 내가 여기까지 풍기는구만."

그리고는 불쑥 한 걸음을 다가서더니 철자강의 턱을 움켜쥐었다.

"어? 자, 잠깐……."

웅얼거리듯 목소리가 뭉개져서 흘러나왔다.

그러나 괴의는 철자강의 입 안을 살피기에 여념이 없었다.

"아직도 입 안이 시퍼런 게 제법 밀어낸 듯한 흔적이 보이기는 한다만."

괴의가 철자강의 턱을 놓아주고 얼굴을 찡그리며 말했다.

"아프면 콕 처박혀서 운공이나 할 것이지, 그 몸으로 왜 나돌아 다녀? 뒈지고 싶어서 그런 것이냐?"

임한상이 미간을 좁히며 괴의를 쳐다봤다.

"어, 어르신…… 독이라니요? 성주께서?"

"한심한 놈들. 제 주인이 어떤 상태인지도 모르는 꼴이라니."

괴의가 끌끌 혀를 차다가 뒤늦게 달려드는 철소화를 안아 들었다.

"할아버지!"

"어이쿠, 이 녀석! 말만 한 계집애가 어딜 이렇게 덥석덥석 안겨?"

"에이, 할아버지인데 뭐 어때요? 그보다 할아버지가 어쩐 일이세요? 한동안 얼굴도 안 보여 주시더니."

"그렇게 됐다. 그보다 넌 괜찮으냐?"

"저요? 제가 왜요?"

"왜긴 왜야, 이 녀석아? 네 녀석이 사라졌다 해서 내가 이렇게 온 것 아니냐?"

"아, 그거요?"

철소화가 헤실거리는 얼굴을 하더니 뒤늦게 다가오는 모용기를 힐끔거렸다.

"기아 오빠가 구해 줬어요."

"기아 오빠?"

괴의가 철소화의 시선을 따라 모용기를 쳐다봤다.

모용기가 조금은 해괴한 얼굴로 괴의와 시선을 맞췄다.

'뭐야? 유 씨 할배가 괴의였어?'

모용기가 떨떠름한 얼굴을 하다가 이내 얼굴을 확 구겼다.

'젠장! 이럴 줄 알았으면 봉마곡으로 직행하는 건데…….'

괜히 억울하다는 생각이 들었다. 그러나 흩어져 있던 조각이 하나씩 맞춰지기 시작하자 모용기가 고개를 저으며 생각을 고쳐먹었다.

'차라리 잘된 걸지도…… 이제는 유 씨 할배가 손녀 찾겠다고 봉마곡을 나설 일은 없을 테니까.'

시시각각으로 변하는 모용기의 안색을 보던 철소화가 고개를 갸웃거리며 질문했다.

"오빠, 왜 그래?"

"아냐, 아무것도."

모용기가 얼른 고개를 젓고는 다시 괴의와 시선을 맞췄다.

모용기를 아래위로 훑어보며 탐색하는 듯한 눈을 하던 괴의는 한순간 눈을 동그랗게 떴다.

"어라? 요놈 봐라?"

"할아버지는 또 왜요? 기아 오빠한테 무슨 문제라도 있어요?"

"기아 오빠?"

"예? 무슨 문제라도……."

철소화의 질문에 괴의가 픽 웃음을 흘렸다.

"요 녀석이 네 신랑감이냐?"

"하, 할아버지!"

철소화가 얼굴을 빨갛게 붉히며 당황한 얼굴을 했다.

그리고 당황한 것은 철자강 역시 마찬가지였다.

"장인어른! 갑자기 그게 무슨……!"

괴의는 철자강에게 시선을 돌리며 말했다.

"난 합격이다. 네놈도 딴말은 하지 말고."

"아니…… 그게 그러니까……."

"할아버지, 그게 아니라……."

철자강과 철소화가 동시에 입을 열었다.

그 모습을 물끄러미 쳐다보고 있던 모용기가 어처구니없다는 얼굴을 했다.

그러나 곧 조금은 바로잡을 필요성이 있다는 생각이 들었다.

그래서 한 발 앞으로 나서며 입을 떼려는데, 멀리서 웅성거리는 듯한 소리가 들려오더니 철무한이 명진 등을 이끌고 모습을 드러냈다.

"어라? 할아버지!"

철위강이 똥 씹은 얼굴을 했다.

'하필…….'

괴의의 출현은 철위강도 예상하지 못했던 바다.

그리고 뜻밖의 변수가 생기면 일을 도모함에 있어 망설임이 깃드는 것은 당연한 일이었다.

'어쩐다?'

자신을 지지하는 다섯 개의 기둥, 그리고 오갈 데가 없어진 하오문까지 합하면 여섯 개다.

그리고 자신의 뒤를 받쳐 주는 그들까지 합하면 전력상으로는 충분했다.

그러나 괜히 껄끄럽다는 생각이 들었다.

괴의가 짝을 찾기 힘들 정도의 고수라는 것은 철위강도 어렴풋이나마 알고 있었기 때문이다.

그러나 답은 정해져 있었다.

'지금 물러서면…….'

적어도 일 년은 기다려야 할지도 모른다.

기다리는 것이 큰 문제는 아니지만 이미 경계심을 갖기 시작한 철자강이 이전처럼 호락호락하지 않을 것이라는 점이 더 큰 문제였다.

'그들도 가만있지 않을 테고…….'

오랜 시간을 함께 꾸민 일이다.

성과를 보여 주지 못하면 다른 패를 고려할지도 모른다.

미간을 좁히며 고민하던 철위강이 철무한과 함께 광장으로 들어서는 명진과 제갈연을 보고 눈을 반짝였다.

'무한이 녀석 정도만 쳐내면…….'

그나마 체면치레는 될 것이라 생각했다.

그 정도 성과면 그들의 입을 다물게 하기에 충분할 것이란 계산이다.

생각을 정리한 철위강이 훌쩍 몸을 날리더니 괴의에게 다가가려는 철무한 일행의 앞을 막아섰다.

철무한이 얼굴을 찡그렸다.

"뭡니까?"

"몰라서 묻는 것이냐?"

철위강이 제대로 된 대꾸 대신 철무한의 뒤쪽에 위치한 명진과 제갈연을 쳐다봤다.

그 눈빛의 의미를 알아챈 철무한이 얼굴을 딱딱하게 굳혔다.

"제 친구들입니다."

"그 말은 네가 정무맹과 내통했다는 것을 실토하는 것이렷다?"

그리고 그 순간 채윤이 무사들을 이끌고 광장 안으로 들어섰다.

"대장로님!"

광장으로 들어서는 무사들의 숫자가 제법 많았다. 족히 세 자릿수를 채우고도 남았다.

자신감이 붙은 철위강이 철자강을 뒤돌아봤다.

"성주! 철무한이 정무맹과 내통을…… 어라?"

입을 열어 목소리를 높이던 철위강이 한쪽 눈에 새겨지는 붉은 실선에 눈을 동그랗게 뜨다가 이내 뒤로 넘어갔다.

털썩!

철위강에게 다가서던 채윤이 이마에 바늘이 박힌 채 눈을 부릅뜨고 있는 철위강을 보며 당황한 얼굴을 했다.

"대장로! 어? 이게…… 대장로!"

그리고 당황한 얼굴을 한 것은 철자강 역시 마찬가지였다.

"장인어른! 이, 이게……!"

괴의가 끌끌 혀를 찼다.

"한심한 놈. 그러게 내가 뭐랬느냐? 진즉에 성 밖으로 내보내라 하지 않았더냐? 그랬으면 이런 일도 없었을 것을."

"하, 하지만 이건……."

철자강이 여전히 당황한 얼굴로 말을 더듬었다.

오히려 채윤이 먼저 정신을 차렸다.

채윤이 괴의를 향해 손가락질했다.

"뭐 해? 죽여!"

그러나 채윤을 따르는 무사들보다 먼저 움직인 것은 괴의였다.

쿵!

괴의가 진각을 밟자 그를 중심으로 화강암으로 만들어진 바닥에 거미줄처럼 균열이 일어나며 퍼져 나가더니 넓은 광장을 가득 메웠다.

"이, 이게……!"

"말도 안 돼!"

"미, 미친! 이게 무슨!"

무사들은 물론이고 각 기둥의 주인들까지 당황스러움을 감추지 못했다. 그중에는 고진과 혁련휘, 임한상도 섞여 있었다.

그 모습을 물끄러미 쳐다보던 괴의가 가소롭다는 듯이 픽 웃음을 흘렸다.

"죽여? 누굴? 나를?"

❖ ❖ ❖

안희명이 한숨을 푹 내쉬었다.

유진산이 모용기의 옆에 자리를 잡으며 질문했다.

"얘는 또 왜 이래?"

"아, 그게요……."

모용기가 난감하다는 얼굴을 했다.

그러나 어딘가 신이 난 얼굴의 주원종이 모용기 대신 유진산의 말에 대꾸했다.

"왜긴요. 황가 할멈한테 또 한소리 들었다지 뭡니까?"

주원종의 말에 유진산이 쯧 하고 혀를 찼다.

그리고는 안희명을 쳐다보며 질문했다.

"거, 아직도 제자리걸음인가?"

안희명은 대답 대신 한숨만 푹푹 내쉬었다.

유진산이 난감하다는 얼굴을 하는데 주원종이 여전히 신이 난 얼굴로 종알거렸다.

"그러니까 나처럼 좀 꾸미기라도 하라니까."

유진산이 주원종을 돌아봤다.

"희명이 나이에 꾸미긴 뭘 꾸며?"

"아니죠, 형님. 나이가 들수록 자기 관리를 더 열심히 해야죠. 가만두면 피부가 더 축축 처지기만 하잖습니까? 조금이라도 탱글탱글한 맛이 있어야 할멈들이 한 번이라도 더 돌아보는 것 아니겠습니까?"

"아니, 그러니까 이 나이에……."

"그러니까 자기 관리에 나이가 무슨 상관이냐고요. 저 보십시오. 제가 잘생기길 했습니까, 키가 크길 합니까? 그렇다고 포기를 할까요? 그건 안 될 말이지요. 그럴수록 더 관리를 해야지요."

유진산이 떨떠름한 얼굴로 다시 질문했다.

"어떻게 관리를 하는데?"

"저 요즘도 햇빛만 쐬고 나면 감자 갈아 붙입니다. 살도 늘어지지 말라고 무공 수련도 열심히 하고요. 돼지껍데기도 열심히 먹습니다. 제 피부 좀 보십시오. 요 탱글탱글한 거. 뭔가를 얻으려면 이 정도는 해야 하지 않겠습니까?"

열변을 토하는 주원종을 보며 유진산이 그런가 하는 얼굴을 했다. 안희명도 솔깃한 얼굴이었다.

"거, 나도 관리해서 탱글탱글해지면 누님이 돌아볼까?"

"당연하지. 자네도 한번 생각해 보게. 축축 늘어진 것보다 탱글탱글한 게 한 번이라도 더 눈길이 가지 않나?"

"그, 그런가?"

"그렇다니까. 그러니까 자네도 포기하지 말고 일단 감자부터……."

그때 모용기가 픽 웃으며 주원종의 말을 끊었다.

"할배, 그래서 할매들이 할배보고 사귀재?"

"으응?"

주원종이 당황한 얼굴을 했다. 그러나 모용기는 쉴 틈을 주지 않고 다시 한 번 질문했다.

"할배는 여자 몇 번이나 만나 봤는데?"

안희명과 유진산의 시선까지 주원종에게 쏠렸다.

주원종이 난감한 얼굴을 하다가 쏘아지는 듯한 시선에 더는 참지 못하고 조그마한 목소리로 대꾸했다.

"못 만나 봤……."

주원종의 눈가에 물기가 맺혔다.

모용기가 주원종의 등을 토닥토닥 두드렸다.

"미안……."

유진산이 만들어 낸 작품을 보고 모용기가 고개를 절레절레 저었다.

'이러니까 노친네들이 그렇게 무서워했던 거지.'

유진산을 처음 봤을 때의 느낌은 마음씨 좋은 동네 할아버지, 딱 그 정도였다.

편하게 찾아가서 얘기도 하고 필요할 때는 망설이지 않고 도움을 요청할 수 있는 사람.

그리고 그것은 다른 노괴들도 마찬가지라 생각했다.

다만 일체의 거리낌도 없는 자신과는 달리, 다른 노괴들은 어딘가 모르게 유진산을 어려워하는 기색도 분명히 존재했었다.

처음에는 연장자를 대우하는 차원이라 생각했었다. 한데 그가 봉마곡을 떠날 때 남긴 흔적을 보고 비로소 그것이 아니었음을 확인할 수 있었다.

그리고 그것을 두 눈으로 확인한 것은 오늘이 두 번째였다.

"모용 공자……."

등 뒤에서 들려오는 제갈연의 목소리에 모용기가 땅 속 깊이 박아 넣은 자신의 검을 뽑아 들었다.

"끙차!"

그리고 그 모습을 본 유진산은 어딘가 오만하게 보이던 표정을 지워 내며 눈을 반짝거렸다.

"오호……."

드넓은 광장에 빠짐없이 균열을 그려 넣을 생각이었다. 제법 많은 내력을 소모하는 일이라 정신을 모으는 것이 중요했다. 그리고 유진산이 무언가에 오롯이 집중하면 실패하는 일이 거의 없었다.

그런데 그 희귀한 경우 중 하나가 눈앞에서 벌어졌다.

모용기가 검을 박아 넣은 자리를 중심으로 제갈연을 둘러싼 바닥은 가느다란 균열 하나 없이 깨끗한 모습이었다.

"그걸 막았어?"

모용기가 얼굴을 찡그렸다.

"거 노친네가 무식하게 힘만 세 가지고……."

"뭐, 뭐야?"

유진산이 황당하다는 얼굴로 저도 모르게 목소리를 높였다.

제갈연이 당황한 음성으로 모용기를 만류했다.

"고, 공자!"

그러나 모용기는 제갈연을 돌아보지도 않은 채 주위를 둘러봤다.

"지금쯤 반응이 올 때가 됐는데."

모용기에게 일제히 몰렸던 시선들 중 하나가 불안하게 흔들리기 시작한 것은 바로 그 순간이었다.

"우웨엑!"

무사들 중 하나가 털썩 무릎을 꿇더니 먹은 것을 모조리 게워 내기 시작했다. 그리고 그를 시작으로 급속도로 번져 나가기 시작했다.

"우웨엑!"

"우웩!"

유진산의 강대한 내력을 무방비 상태로 맞이한 탓이었다.

죽이려고 작정한 것이 아닌, 단지 흔들어 놓을 목적이 다분했지만, 가까이 있는 무사들의 오장육부를 뒤집어 놓기에는 충분했다.

"하여간……."

얼굴을 찡그린 채 주위를 둘러보던 모용기는 익숙한 목소리에 한순간 미간을 좁혔다.

"우웨엑!"

"웩! 이게 뭐…… 우웩!"

"제, 젠장! 우웨엑!"

철무한과 정주형 등이다. 그리고 그중에는 명진도 섞여 있었다.

급한 상황에서 제갈연만 눈에 들어왔던 터라 미처 그들에게까지 신경을 쓰지 못한 것이다.

모용기가 한심하다는 얼굴로 혀를 찼다.

"쯧쯧. 그거 하나 못 막고…… 아무래도 수련 강도를 더 높여야겠는데……."

철무한이 머리가 빙글빙글 도는 와중에도 기겁을 했다.

"웩! 그게 무슨…… 우웨엑! 말도 안 되는…… 우웨에엑!"

"시끄러. 그러게 진즉에 좀 잘하…… 어라?"

못마땅하다는 눈으로 철무한을 내려다보던 모용기가 무엇을 봤는지 한순간 눈을 동그랗게 떴다. 그리고는 땅바닥을 콕 찍었다.

"어?"

환영처럼 스르륵 흘러내리는 잔상에 제갈연이 눈을 동그랗게 떴다.

반대로 불쑥 튀어나오는 모용기의 신형에 하수란이 기겁을 했다.

"으헛!"

화들짝 놀라는 하수란을 보며 모용기가 히죽 웃음을 보였다.

"아줌마 어디 가? 우리 아직 볼일 남지 않았어?"

"그, 그게 무슨……."

"모른다는 얼굴 하지 말고. 내가 무슨 말을 하는지 아줌마가 모를 리가 없잖아?"

"아, 아니 그러니까……."

하수란이 주춤주춤 물러서며 도움을 청할 곳을 찾았다.

그러나 철위강이 허무하게 죽는 바람에 다들 제 살길을 찾기에 바쁜 모습으로 우왕좌왕했다.

하수란에게 구원의 손길을 내민 것은 결국 한 식구인 하오문의 무사들뿐이었다.

"문주님!"

하오문의 무사들은 유진산으로부터 제법 떨어진 거리에 있었던 덕분에 별다른 타격을 입지 않아 움직이는 것이 가능했던 것이다.

자신을 둘러싸는 문도들을 보며 하수란이 빠르게 머리를 굴렸다.

'일단은 빠져나가야…….'

이 자리에 있는 서른이 넘는 문도들을 모조리 희생시켜야 할지도 모를 일.

그러나 해야만 했다. 자신이 빠져나가면 뒷날을 기약하는 것이 더 쉬워지기 때문이었다.

하수란이 입술을 지그시 깨물었다.

그리고는 단단히 결심을 한 얼굴로 모용기를 향해 손가락을 치켜세우려는 찰나.

"그러지 않는 게 좋을걸?"

담장 위에서 들려온 듣기 좋은 목소리가 하수란의 움직임을 방해했다.

하수란이 몸을 움찔 떨더니 조금은 흔들리는 시선으로 담장 위를 쳐다봤다.

정인훈이 담장 위에 걸터앉은 자세로 하수란에게 손을 흔들었다.

"오랜만이야, 누……."

그러나 하던 말을 멈추며 난감하다는 얼굴을 했다.

"이거 참, 마땅히 부를 호칭이 없네. 이제 와서 누이라 부르지도 못하겠고."

하수란이 당황한 얼굴을 했다.

"다, 당신! 당신이 왜……."

정인훈이 멀리서 하수란을 쏘아보고 있는 철소화를 향해 눈짓을 했다.

"왜긴 왜야? 그럼 그런 짓을 하고도 멀쩡할 줄 알았어?"

"그, 그러니까 그게 무슨 말……."

하수란은 여전히 부인하는 듯한 얼굴이었다. 정인훈은 한숨을 푹 내쉬며 그녀의 말을 끊고는 다시 제 목소리를 냈다.

"어쨌건 나라면 아무 짓도 안 할 거야. 독을 뒤집어쓰고 싶은 게 아니라면 말이지."

그리고는 누군가를 끌고 정문으로 들어서는 독곡의 무사들을 향해 턱짓했다.

"딸내미 생각도 해야지?"

"어? 어? 그, 그게 무슨……!"

하수란이 완전히 당황한 얼굴을 했다. 그리고 이내 들려오는 익숙한 목소리는 그녀를 무너지게 하기에 충분했다.

"어머니!"

〈7권에 계속〉